D1718485

Pour une liste complète des livres
du même auteur, visitez
KENANOLIVIER.COM

KENAN OLIVIER

La Guerre des Sept Lunes

- Tome 1 -

EDHELJA
&
L'ODELUNIER PERDU

ISBN : 978-2-9818952-1-9
ISBN (ensemble) : 978-2-9818952-0-2

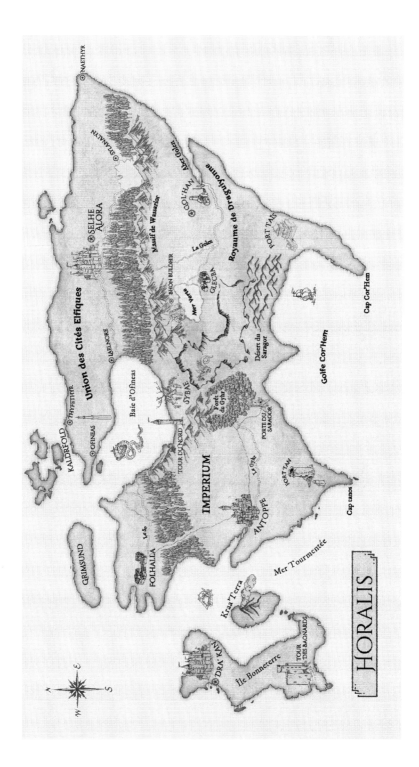

HORALIS

An 919

Proclamation de l'Imperium

Le Conseil des Druides est dissous. Effet immédiat.
La pratique de la magie druidique est prohibée et
punie de mort.

1

Branle-Bas Dans Les Docks

Ses yeux brillaient d'espoir devant le contenu de la caisse de marchandise DRA 2772. Il la referma aussitôt et regarda autour de lui pour s'assurer que personne ne l'ait vu. Une perle de sueur se faufilait entre les poils gris de sa barbe alors qu'un sourire qu'il s'efforçait de contenir se dessinait sur son visage.

Depuis plusieurs semaines, il avait observé l'allée interdite, la « huit » comme l'appelaient les dockers. L'Imperium y entreposait ses marchandises secrètes.

Les Sections d'Investigation patrouillaient la zone sans interruption.

À force d'observation, il avait découvert une minuscule fenêtre d'intervention. Il savait qu'il n'avait pas plus d'une minute avant d'être repéré. Le règlement stipulait avec froideur : « Quiconque pénètre dans l'allée huit sans autorisation sera exécuté pour espionnage ».

Mais la récompense justifiait la prise de risque. Cela faisait des années qu'une telle opportunité ne s'était pas présentée.

L'homme, coiffé d'une casquette de marin, travaillait à l'aethérodock d'Antoppe. Ce jour-là, il s'absenterait plus tôt pour informer la Résistance de son inestimable découverte.

Au delà des frontières de l'Imperium, un perroquet messager agrippa enfin son perchoir, il achevait un interminable vol long-courrier d'Antoppe jusqu'au Massif de Wassarior.

Il se nommait Tom et l'importance de sa nouvelle le rendait extrêmement fier.

Virtuoses pour retenir et répéter de courtes annonces, ces facteurs à plumes assuraient la messagerie rapide sur Horalis.

Bien sûr, une scrupuleuse vérification de l'identité du destinataire précédait chaque livraison.

— Message urgent, message urgent ! piailla-t-il,

Il fut conduit à son destinataire et entama comme d'habitude :

— Mot de passe ?

— Soupe au jambon, mais sans oignon, fit Eliznor, générale en chef de la Résistance.

L'oiseau valida le code avec un bruyant enthousiasme, puis énonça :

"R28 pour R7,
Caisse de marchandise remplie d'armes druidiques repérée dans l'aethérodock d'Antoppe. Fenêtre d'intervention très courte, mission à haut risque qui requiert un Neitis. Que les Lunes vous protègent."

Les armes druidiques disparaissaient peu à peu, systématiquement traquées par les Sections d'Investigation, la milice politique de l'Imperium. Le puissant Empereur Drakaric les avait fait interdire à cause de leurs dangereux pouvoirs magiques. Tellement dangereux que la simple possession de l'un de ces artefacts était punie de mort. S'emparer d'un tel arsenal était une aubaine pour la courageuse Résistance.

— Repars immédiatement avec ce message Tom, ordonna-t-elle.

"R7 pour R28,

Intervenez immédiatement. Contactez R31 au Caveau des
Docks. Il vous fournira toute l'aide nécessaire.
Que les Lunes éclairent votre chemin."

Lorsque le perroquet reprit son envol dans un bruyant au revoir, Eliznor souffla dans un petit sifflet incrusté dans la bague qu'elle portait au pouce de la main gauche.

Un son très aigu et à peine perceptible en sortit.

Quelques secondes plus tard, un magnifique oiseau blanc coiffé d'une crête bleu vif se faufila entre les piliers taillés à même le granite de la salle de commandement.

D'un style beaucoup plus discret que Tom, le ara messager se posa en silence sur l'épaule d'Eliznor.

— Mon brave Telhur, veux-tu bien porter ce message à ma fille?

"R7 pour Neitis,
Des armes druidiques ont été repérées dans votre secteur,
emparez-vous en et apportez-les nous.
Contactez R31 pour les détails. Soyez extrêmement prudente,
les Sections d'Investigation multiplient les arrestations !
Que les Lunes vous protègent."

L'oiseau déploya ses ailes puis s'élança dans les airs par l'une des ouvertures sur l'extérieur creusée à même la roche.

Il piqua pour prendre de la vitesse et prit la direction de l'immense vallée devant lui. Regardant par la fenêtre, Eliznor ne put contenir quelques larmes en le voyant s'en aller. Elle envoyait sa propre chair au-devant d'un grand danger.

Mais en ces temps d'oppression, elle n'avait pas d'autres choix, le devoir devait primer sur les sentiments. Sa fille venait de recevoir le titre de Neitis, qui était seulement décerné aux plus grands héros de la Résistance.

Malheureusement, il n'y avait qu'elle dans les environs d'Antoppe pour mener à bien une telle mission.

D'un geste déterminé, la générale sécha ses larmes et reprit le cours de sa journée.

Edhelja vivait depuis toujours dans l'industrieuse ville d'Antoppe. Chaque jour, des dizaines d'aetherscaphes venant des quatre coins de l'Imperium, y chargeaient et déchargeaient des milliers de tonnes de marchandises. Bon nombre avaient besoin de maintenance ou de réparation, c'était là qu'il intervenait.

Quelques années auparavant, sa grand-mère était tombée gravement malade et il avait dû trouver du travail pour payer les médicaments dont elle avait besoin.

Depuis tout petit il rêvait de voyages et d'aventures. Son dix-huitième anniversaire approchait et chaque aetherscaphe qui disparaissait à l'horizon était une tentation de plus. Mais il n'imaginait pas une seconde laisser sa chère Mima seule.

Enfin, pour être vraiment honnête, parfois il y pensait, mais se sentait très vite coupable et chassait l'idée de son esprit.

Brillant apprenti en mécanique aethéronautique, il ne s'était jamais vraiment senti à sa place parmi ses collègues de travail. Mais, il avait appris à mettre un masque pour cacher ses vraies aspirations et faire comme tout le monde.

La sonnerie annonçait la pause de midi. Comme tous les jours, il alla au Caveau des Docks pour boire un verre d'hydrovoise ambrée tout en déjeunant.

Il ne se souvenait pas d'un jour où il n'avait pas croisé une patrouille de soldats ou de Sections d'Investigation. L'Imperium était partout et rappelait en permanence qui avait les plus gros bras.

Edhelja entendait fréquemment les gens parler de mystérieuses disparitions au Caveau et il arrivait parfois qu'un ouvrier quitte le travail un jour et que personne n'en entende plus jamais parler.

Tout le monde avait peur, mais entre les murs du Caveau les liqueurs donnaient du courage aux dockers et les langues se déliaient souvent.

La tapisserie était teintée d'un jaunâtre foncé, conséquence d'années de fréquentation de fumeurs invétérés. Quelques bouteilles vides de spiritueux d'un autre âge étaient posées sur la cheminée, reliées les unes aux autres par un réseau poussiéreux de vieilles toiles d'araignées.

Derrière le bar, une grosse dame aux cheveux rouges et gras, souvent coiffée de bigoudis, accueillait chaque client avec sa voix portante et nasillarde :

— Alors mon mignon, qu'est-ce qu'il boit aujourd'hui ? Une hydrovoise comme d'habitude ?

Les habitués du Caveau se moquaient souvent d'elle pour amuser la galerie, mais gare à celui qui se faisait surprendre, car cela signifiait un aller simple pour la porte.

Et la vieille Berthe mettait un point d'honneur à s'en charger personnellement.

À côté d'Edhelja, on commandait deux gnôles. C'était Aimon, son chef d'équipe, et un autre type que le jeune homme n'avait jamais vu auparavant :

— Eh ben, une gnôle dès midi chef ? Vous attaquez tôt ! fit Edhelja

— T'occupe gamin, laisse parler les adultes, répondit l'ancien puis il ajouta pour que tout le monde entende, r'mettez un galopin pour l'gamin !

La salle éclata de rire. Bien qu'embarrassé par toute cette attention, Edhelja rigola aussi.

Son chef d'équipe était un homme dans la cinquantaine qui couvrait sa chevelure déjà bien grise avec une vieille casquette de marin. Il trifouillait continuellement sa barbe hirsute lorsqu'il réfléchissait. On pouvait y voir une teinte jaunâtre là où il recrachait la fumée de sa pipe.

En face de lui, un type au visage buriné par une vie passée dans les docks lui parlait à voix basse pour que personne n'entende. Mais l'ouïe d'Edhelja était beaucoup plus fine que la normale. Il ne perdait pas un mot de leur conversation :

— R31 pour R…? demanda l'homme.

— 28.

— Bien. Tout se passe comme prévu ?

— Oui, le numéro de caisse est DRA-2772 dans l'allée huit.

— Je transmettrai. Mes gars vont créer une diversion au moment exact de la relève ce soir, et la Résistance nous envoie un Neitis pour faire le boulot.

— L'opération est lancée, que les Lunes vous protègent

— Vous aussi !

L'homme descendit sa gnôle cul-sec et sortit du Caveau.

Incroyable ! Mon chef… un Résistant…

Quelques heures plus tard, au crépuscule, le ciel s'était transformé en un feu d'artifice de couleurs roses orangées.

Edhelja s'était arrangé pour rester plus tard et se placer stratégiquement pour observer directement l'allée huit.

À l'heure précise de la relève de la garde, trois explosions retentirent aux abords des docks, ce qui créa le chaos parmi les agents de sécurité. Tous coururent en direction des déflagrations, ne laissant qu'une sentinelle par poste de contrôle. Une silhouette furtive s'infiltra dans les docks sans le moindre bruit, comme un chat dans la nuit.

Edhelja se trouvait en hauteur sur un aetherscaphe amarré à quai, il avait une vue globale de la zone de stockage et aperçut du mouvement dans l'allée huit.

Une jeune femme svelte et athlétique grimpait avec une étonnante légèreté sur les étagères où s'entassaient les caisses de marchandises.

Elle fit sauter le couvercle de l'une d'entre elles à l'aide d'un levier et en extrait un petit coffret ainsi qu'un fourreau. Elle ficela le tout rapidement dans un baluchon avant de le jeter au sol.

Edhelja aperçu deux hommes en uniforme courir dans la direction de la jeune femme. Il fit de grands gestes pour la prévenir, mais elle était plongée de nouveau dans la caisse pour en sortir un curieux objet attaché au bout d'une ficelle qui émettait une lumière bleutée, comme un pendentif. Elle le glissa dans sa poche et redescendit de l'étagère d'un seul bond.

Ses pieds touchèrent la terre battue sans le moindre son. Elle hissa ensuite son baluchon sur l'épaule et courut pour prendre la fuite.

Mais, les deux Nettoyeurs lui barraient déjà le chemin au sud de l'allée 8.

La jeune femme fit volte-face, mais un troisième agent apparaissait en courant de l'autre côté. Elle était prise au piège...

— Rendez-vous sans esclandre, il ne vous sera fait aucun mal, beugla l'un des agents.

— La simple idée de me rendre me dégoûte sale baveur !

Les Résistants avaient pris l'habitude de surnommer les Nettoyeurs ainsi, à cause de leur cruelle soif de sang.

— Tu vas regretter ces paroles dans quelques secondes !

Ce que fit alors la jeune femme stupéfia Edhelja.

D'un incroyable bond -au moins deux fois sa taille- elle se hissa sur le dessus des caisses et se mit à courir à toutes jambes pour échapper à la menace des Nettoyeurs.

Les deux agents saisirent leur arme de service, une matraque télescopique qui se déployait avec un coup de poignet ferme et dont l'extrémité s'éclairait en bleu foncé. L'un d'eux apposa son arme sur l'étagère métallique, un arc d'énergie se propagea alors sur la structure frappant de plein fouet la résistante qui s'écroula en hurlant de douleur.

Elle dégringola les quelques étages et atterrit sur le sol, bruyamment cette fois-ci.

Edhelja bouillonnait devant ce spectacle, il se précipita en bas de son perchoir.

L'un des Nettoyeurs s'approchait arme au poing alors que l'autre s'intéressait au baluchon étalé par terre :

— Je t'avais prévenu qu'il aurait été préférable que tu te rendes, maintenant tu vas devoir être…

— Jamais !

La jeune femme se releva à la vitesse de l'éclair en faisant un saut périlleux arrière corps tendu d'une incroyable amplitude.

Ses fines jambes armées de bottines à pointe frappèrent l'agent sous le menton. Le sang gicla alors que le Nettoyeur faisait un vol plané dans le sens opposé sous la violence du choc.

C'est à ce moment-là que le deuxième agent décocha plusieurs décharges de sa matraque. L'une d'elle frôla l'épaule de la résistante et vint se loger dans l'une des caisses en bois en laissant une marque noire de brûlé.

Elle apposa une main sur sa poitrine, l'autre en direction de son agresseur qui se jetait sur elle et prononça ensuite deux mots dans une langue inconnue :

— Akte Subno !

Le bras en l'air et la matraque à la main, le milicien abattait son arme pour lui porter un coup critique mais il se figea net et s'effondra sur elle en agrippant ses vêtements.

D'un coup de hanche, elle s'en débarrassa et il tomba contre le sol sans bouger.

Une seconde plus tard, la jeune femme sentit un point chaud et désagréable dans la nuque, et reconnut exactement de quoi il s'agissait :

Un foudroyeur à pompe…

Le troisième Nettoyeur la tenait en joue avec son arme de service, doigt tendu sur la gâchette :

— Adieu minable petite terro…

Un bruit sourd retentit…

Edhelja surgit de derrière une caisse et frappa de toutes ses forces derrière le crâne du Nettoyeur avec un bâton.

La jeune femme se retourna, il la regarda. Elle le regarda.

Ses yeux, comme deux joyaux, le jaugeait avec attention.

Une combinaison de couleur gris foncé épousait parfaitement les formes de son corps. Un petit point lumineux bleu s'estompait au milieu de sa poitrine.

Quelle belle femme ! Quelle allure !

— Qui es-tu ? demanda-t-il.

— Personne, rentre chez toi avant que d'autres Nettoyeurs ne rappliquent…

Elle ramassa son baluchon et lui lança un sincère "Merci" avant de disparaître dans l'obscurité.

La nuit était maintenant complètement tombée, Edhelja remarqua une lueur bleutée dans la main de l'un des Nettoyeurs gisant au sol. Il respirait encore et semblait profondément endormi.

Le jeune homme retira l'objet de la paume du blessé. Au bout d'un cordon en cuir pendait une sphère argentée, percée de motifs symboliques anciens, qui se dessinaient grâce à la faible lueur venant de l'intérieur. Il s'agissait d'un artefact de manufacture fine d'un autre âge.

L'objet le fascinait, il le glissa dans sa poche et rentra chez lui, laissant derrière lui une véritable scène de crime.

Edhelja marchait vers le 22, Rue des Tisserands, là où sa grand-mère l'hébergeait, dans sa modeste demeure des Pentes, un quartier populaire d'Antoppe.

Bien qu'il s'agissait d'un voisinage plutôt humble, les anciennes maisons à colombages ne manquaient pas de charme.

Il sentit le fumet du légendaire ragoût de buffle de la plaine du So de sa grand-mère l'accueillir comme pour dire "Bienvenue à la maison mon grand", la meilleure popotte est toujours celle de Mamie.

Il s'assit et se régala en silence. Les questions fusaient dans sa tête :

Qui était cette jeune femme ? À quoi servait cet objet ? Que faisaient les Nettoyeurs sur son lieu de travail ?

— Que se passe-t-il ? demanda Aaliz, tu me parais bien préoccupé.

— Rien Mima, je suis juste fatigué.

— Petit menteur, dit-elle en souriant avec les yeux.

Edhelja lui rendit un sourire forcé qui trahissait son inquiétude. Sa grand-mère avait le don pour lire en lui comme dans un livre ouvert.

Il tenta de la rassurer, mais elle vit la ficelle de l'objet pendre de sa poche. Elle s'en saisit d'un geste vif et en admira la finesse à la lueur d'une chandelle, puis son visage prit une allure grave :

— Je savais que quelque chose te tracassait mon garçon, mais pas à ce point, où as-tu trouvé ça ?

— C'est rien, j'l'ai trouvé par terre en revenant à la maison.

— Dis-moi la vérité mon garçon.

— C'est la vérité Mima, j'te jure !

— Cet objet risque de t'attirer des ennuis, tu ferais bien de le jeter dans l'estuaire. Le posséder sans autorisation est puni de mort ! Regarde ce signe, c'est la marque des Druides.

— Non ! J'l'ai trouvé, j'le garde ! Pourquoi je devrais faire le dos rond devant l'Imperium ?

La pauvre Mima cherchait les mots justes, elle détestait autant l'Imperium que son petit-fils.

— Je veux juste te protéger, tu ne sais pas de quoi les Nettoyeurs sont capables, jamais je ne me le pardonnerais s'il t'arrivait malheur.

— Ils n'ont pas l'air si terrible, une femme vient d'en mettre trois au tapis dans les docks aujourd'hui. Tu aurais dû voir ça Mima, quel spectacle ! Cette femme était une résistante j'en suis sûr.

— Non mon garçon s'il te plait, je croyais qu'on était d'accord pour ne plus parler de la Résistance !

— Mima, ce sont les seuls qui font quelque chose...

— La Résistance n'a jamais eu la force de lutter efficacement, et depuis bien avant ta naissance, pourquoi crois-tu que c'est moi qui ai dû t'élever…? Ta mère—

— Quoi ma mère ?

— Ta mère était une résistante... elle a été arrêtée et exécutée quelques jours après que tu aies atterri devant ma porte. Je ne me le pardonnerais jamais s'il t'arrivait le même sort.

— Elle a essayé de lutter, elle au moins ! fit-il en tapant du poing sur la table.

Il se leva bruyamment, reprit son pendentif et alla s'enfermer dans sa chambre.

La pauvre Mima essuya ses larmes. Elle savait que le jour des explications sur le lourd passé d'Edhelja viendrait, et elle le redoutait par-dessus tout.

La bouilloire se mit à siffler, elle se servit du thé en repensant à ce jour où elle perdit une fille et gagna un adorable petit-fils, elle se souvint des quelques mots écrits de la main de sa fille :

"Cache-le comme un trésor et ne lui révèle jamais ses véritables origines, car il serait alors traqué et éliminé par l'Imperium. Détruit immédiatement ce mot et je t'en prie, pardonne-moi".

Edhelja avait entendu bon nombre d'histoires à propos des exécutions sommaires à l'époque de sa naissance.

L'Imperium entassait les corps dans des fosses communes. Sans doute, sa mère reposait dans l'une d'elles.

Sa grand-mère détestait parler de cette horrible période. Elle avait perdu beaucoup de proches alors d'habitude il n'insistait jamais car il savait que ça la rendait triste. De toute façon, elle avait été tout pour lui. Mais ce soir-là, quelque chose avait changé, comme si ce mystérieux objet réveillait en lui un instinct profondément enfoui.

Alors qu'il s'allongeait dans son lit, il sentit une étrange présence, puis une voix grave commença :

"Va au-devant du soleil levant Edhelja, à la falaise Sanguine, marche vers le nord et rejoins moi au-delà des ruines de tes ancêtres. Il est urgent que tu découvres ta vraie nature car l'Adakwi Loukno est imminente."

— Qui est-ce ? Qui me parle ? Où êtes-vous ? questionna le jeune homme à voix haute en se retournant dans tous les sens.

Adakwi Loukno ???

Il fouilla dans sa penderie, sous son lit, partout, mais personne, personne n'aurait pu se cacher dans sa chambre. Il jeta un œil par la fenêtre, il n'y avait pas un chat dans la rue. Pourtant, il n'avait pas rêvé. Quelqu'un venait de lui parler.

La voix paraissait bienveillante, mais même si sa vie routinière était ennuyeuse à mourir il ne laisserait jamais sa grand-mère seule, ce n'était même pas imaginable qu'il parte dans une quête juste à cause d'une hallucination.

Il sourit en pensant que demain, il rentrerait du travail avec des lys, les fleurs préférées de Mima. Elle respirait toujours leur parfum à plein poumon lorsqu'elle en voyait.

Il laissa ensuite libre cours à son imagination, il pensait à sa mère, du moins à l'idée qu'il s'en faisait. Apparemment, il avait les même cheveux qu'elle, toujours ébouriffés, ce qui lui valait les réflexions de sa Mima :

— Va te mettre un coup de peigne mon grand, on va te prendre pour un délinquant.

Mais rien n'y faisait, même avec la meilleure volonté du monde, ses cheveux revenaient toujours à l'état sauvage. Et ses yeux clairs noisettes lui valaient les regards aguicheurs des filles du quartier, mais personne n'avait encore gagné son cœur.

Seul dans son lit, il avait imaginé sa mère tellement de fois. Même à l'âge adulte il ressentait toujours son absence. D'une certaine manière, ces pensées maternelles le berçaient. Il ferma les yeux et trouva enfin le sommeil.

Tôt le lendemain, un perroquet messager en provenance d'Antoppe arrivait à Dra'Kan pour annoncer la nouvelle du vol des armes druidiques directement à l'Empereur.

Quelques fins rayons de soleil se frayaient un chemin entre les épais rideaux de velours, éclairant l'immense salle du trône où s'affairait une armée d'esclaves. Deux d'entre eux agitaient un bâton dont l'extrémité se terminait en éventail pour rafraîchir leur maître qui se tenait là-haut sur son trône.

Son regard fixait un point imaginaire dans le vide alors que ses lèvres fines esquissaient d'imperceptibles mouvements. Les muscles de ses mâchoires se contractaient à intervalles réguliers.

Ce maudit perroquet messager l'avait tiré de son sommeil avec une très mauvaise nouvelle. Il devait agir, comme il l'avait toujours fait, couper net le moindre espoir de rébellion parmi les millions de sujets sur lesquels il régnait, de l'Île de Bonneterre jusqu'à la Vallée Sanguine.

Un serviteur entra, puis sans omettre les révérences d'usage, vint lui annoncer à l'oreille une visite imminente. Le visage de l'Empereur se détendit aussitôt. Il s'approcha de la fenêtre, entrouvrit le rideau de velours pour observer le ciel au loin.

Un homme aux cheveux noirs brillants, parfaitement plaqués en arrière chevauchait à vive allure une moto-ballon.

Il affectionnait particulièrement ce moyen de transport rapide et solitaire qui se résumait à un simple siège installé sur un ballon plus léger que l'air. Un guidon servait à s'orienter et donner les gaz.

Devant lui, la colline Arten dominait en hauteur Dra'Kan, la capitale de l'Imperium. Il se rendait au Palais

Impérial pour visiter celui qui avait été son mentor, à l'époque où il s'initiait aux pouvoirs Druidiques.

Plusieurs bâtiments étaient entourés d'une muraille en forme de cercle, des allées sillonnaient les immenses jardins dont les formes géométriques prenaient tout leur sens depuis le ciel. Les tours du Palais pointaient leurs toits en ardoise comme des fusées de pierre orientées vers le ciel, ce qui contrastait avec la douceur harmonieuse des jardins de l'Empereur.

L'homme sur sa moto-ballon atterrit sur la cour intérieure. Deux serviteurs amarrèrent solidement l'aethéronef aux anneaux prévus à cet effet. Il connaissait son chemin et se dirigea directement sous le monumental porche à l'entrée du hall qui l'emmènerait vers la salle du trône.

Il jeta un regard respectueux aux deux oiseaux de chasse postés de part et d'autres de l'entrée du Palais. Ces colosses de plumes portaient un nom qui faisait trembler de peur le peuple : Arc'Hoïdes.

Hauts comme deux hommes, l'envergure de leurs ailes une fois déployées dépassait trois fois leur taille. Un long bec ponctué de dents acérées en disait long sur la nature de leur régime alimentaire.

Mais ce qui les caractérisait le plus était la capacité de tirer à l'arc en vol avec leur puissantes pattes. Ils pouvaient ainsi propulser de véritables javelots avec une étonnante précision et infliger de grands dégâts à l'ennemi.

Les massives portes s'ouvraient dans un grincement glaçant. L'Empereur se leva pour accueillir son ancien élève, il dépassait en taille chaque individu autour de lui d'au moins une tête.

— Vous partez en mission Nerath, entama l'Empereur.

— Pour vous servir votre Éminence !

— La Résistance s'intéresse d'un peu trop près aux affaires d'État. Vous décollez aujourd'hui... vos ordres de mission sont dans ce pli.

Tout allait toujours aussi vite avec l'Empereur, il était un homme d'action, grand organisateur et fin meneur d'hommes.

— Autre chose, voici la liste des ingrédients nécessaires pour l'Opération Sept Lunes. Je veux que vous les rassembliez tous avant notre prochaine entrevue.

— Je vais faire immédiatement préparer mon aetherscaphe votre Éminence. Avez-vous d'autres requêtes ?

— Non, tenez-moi informé de vos investigations, je veux recevoir un perroquet chaque jour.

Il tenait les ordres de mission de l'Empereur dans sa main et glissa la liste dans la poche intérieure de sa longue parka. Il rompit le cachet et lut :

Retrouvez et emparez-vous des armes druidiques dérobées par la Résistance aux docks d'Antoppe.

Les docks sont devenus un nid d'espions. Faites un nettoyage en règle.

Une Neitis a été aperçue le soir du vol. Capturez-la et exécutez-la publiquement.

— Je compte sur votre zèle pour régler cet incident promptement.

Puis, il fixa Nérath dans les yeux et accentua chaque syllabe.

— Chaque personne liée de près ou de loin à cet affaire doit être traquée méthodiquement et sans relâche. Je vous laisse le soin de choisir leur sort…

Le Grand Ordonnateur sortit du palais en pressant le pas, les derniers mots de l'Empereur l'avaient galvanisé. Au fond de ses yeux sombres brillait une euphorie terrifiante.

Soudain, une ombre menaçante parcourue la cour du palais, ce qui fit décoller en trombe les deux oiseaux de chasse qui bandèrent leurs arcs prêts à tirer.

2

Descente Dans Les Pentes

Nérath reconnu immédiatement l'Aile Noire. Son gigantesque vaisseau voguait dans le ciel encore brumeux de Dra'Kan. Les moteurs à Odelune produisaient un bourdonnement sourd qui rendait nerveux les Arc'Hoïdes. Mais les gardes du palais les rappelèrent à leur poste alors que Nérath rejoignait son aetherscaphe sur sa moto-ballon. Une fois à bord, il convoqua l'Amiral de l'Aile Noire et relaya les ordres de l'Empereur.

L'Odelune était une substance surnaturelle utilisée autrefois par les Druides pour jeter des sorts mais lorsqu'elle était dépourvue de ses capacités magiques, l'Odelune était recyclée : à l'état gazeux, elle faisait flotter les aetherscaphes dans les airs ; à l'état liquide, elle devenait un puissant carburant.

Dans le cockpit, l'Amiral de vaisseau, Ewias Langhlen prêtait attention aux cadrans en laiton du météographe. En quelques décennies dans l'Amirauté, il avait appris à les interpréter en une poignée de secondes. Il fronça ses épais sourcils en étudiant de près l'une des courbes que le météographe crachait en temps réel. Il en déchira un morceau à la hâte et se dirigea vers Nérath qui scrutait le vaste horizon à travers la grande verrière, chef-d'œuvre d'assemblage de baguettes en cuivre et de vitres.

— Grand Ordonnateur, le météographe indique de fortes perturbations sur le plan de vol, une dangereuse tempête se prépare, il serait préférable de réamarrer et de différer le départ de quelques jours.

— Ce vaisseau volera comme prévu Amiral, il serait très dommageable que l'Empereur ait vent de votre attitude timorée, rétorqua-t-il avec un calme déstabilisant, puis il ajouta, si la route du nord est barrée, celle du sud n'est-elle pas la meilleure option ?

— Oui, Grand Ordonnateur ! s'inquiéta-t-il.

L'aetherscaphe devait donc s'aventurer proche de Kraa'Terra, terre maudite, sanctuaire des Corbeaux Géants, dont on dit qu'ils sont aussi vieux que Horalis et que leur cruauté s'accroît avec l'âge.

Plus légère que l'air, la lourde machine s'élevait dans les cieux, transperçant la brume qui s'étendait comme un drap sur l'océan à perte de vue. L'Amiral s'approcha de l'amplivoix et prit la parole :

— Notre mission est de la plus haute importance, commanditée par l'Empereur en personne. Je compte fermement sur le zèle de chacun pour nous faire traverser la Mer Tourmentée en vitesse ! Tous à vos postes ! Capitaine de gouverne, cap 1.3.0 !

La première partie du voyage se déroula paisiblement si bien qu'en fin de journée, l'Aile Noire arrivait en vue des falaises de Kraa'Terra.

Un nuage gris et menaçant éclipsait une bonne partie de l'île. Au-dessus, les laves éternelles du Volcan Kraa formaient un haut fourneau perpétuel à l'horizon.

L'Île subissait régulièrement de fortes tempêtes, à cause de la rencontre de l'air chaud du Volcan et des masses d'air plus froides venant de l'océan.

De mémoire d'Homme, personne n'avait mis les pieds sur cette île maudite, dont le sol, dangereusement escarpé, rendait l'escalade quasiment impossible à quiconque s'y risquerait.

Alors que les nuages entouraient lentement la cabine de pilotage, laissant la navigation aux seuls instruments, un bruit sourd secoua le vaisseau. Les aiguilles du tableau de bord vacillaient dans tous les sens et la pression du ballon principal chuta dangereusement.

Une ombre menaçante survola le cockpit pour disparaître rapidement dans les nuages. Au milieu du vacarme des alarmes à cloches, l'Amiral crachait des ordres à tout rompre :

— Officier des voiles, courez voir ce qui se passe là-haut ! Capitaine de gouverne, changez le cap pour 0.4.5, je répète, 0.4.5 ! Vite !

Bien que le vaisseau perdait de l'altitude et prenait du gîte, le Commandant dirigeait son équipage sans perdre son assurance et sa précision.

— Officier de turbine, ajustez le flux des pousseurs de trente degrés, nous devons compenser la perte de portance ! Capitaine de gouverne, confirmez le cap en ligne droite vers Antoppe, nous devons réparer au plus vite, indiqua-t-il toujours avec le même sang-froid,

— Cap confirmé mon Amiral !

Un fois le contrôle de l'Aile Noire repris, Ewias Langhlen fit un tour pour féliciter ses hommes pour leur sang-froid lorsqu'il surprit une moto-ballon qui pénétrait dans le sas d'atterrissage.

Elle venait vraisemblablement de Kraa'Terra.

Qui pouvait bien être le fou qui prenait un tel risque ? L'Amiral était furieux, les Corbeaux Géants n'étaient pas du genre à laisser quiconque s'introduire sur leur territoire.

Il se précipita pour semoncer l'auteur de cette insubordination :

— Hé, vous, au rapport immédiatement ! Qui vous a donné l'ordre de sortir de l'Aile durant une manœuvre d'urgence?

Tout en parlant, il remarqua un objet insolite attaché sur la moto-ballon, une sorte de plume noire mais bien trop grande pour venir d'un banal oiseau.

L'individu, toujours de dos, retira son casque sans se presser, dévoilant ses cheveux noirs brillants, parfaitement plaqués en arrière :

— Moi-même... Amiral, fit-il.

S'en suivit un silence qui sembla durer une éternité, Nérath prenait un certain plaisir à jauger la crainte qu'il inspirait dans le cœur des autres. Puis il reprit :

— J'apprécie votre zèle pour maintenir l'équipage sous contrôle, mais je ne tolérerai en aucun cas que vous ne mettiez votre nez dans les affaires d'État ! Cette halte sur Kraa'Terra était nécessaire pour ma mission. En revanche, si quiconque venait à l'apprendre, sachez que je n'hésiterais pas à prononcer le sort fatal sur votre personne, ainsi que sur l'équipage tout entier, s'il le fallait… est-ce clair ?

— Très clair ! acquiesça simplement l'Amiral sentant un frisson lui parcourir l'échine.

La mort ne l'effrayait pas mais l'idée d'envoyer ses hommes à l'abattoir lui était insupportable. Il se renfrogna et retourna dans son cockpit. Nérath sortit la liste de l'Empereur de sa poche et barra la première ligne.

Le soleil se levait sur Antoppe et apportait avec lui sa douce chaleur. Ce matin, une agitation inhabituelle régnait dans les docks.

— Que se passe-t-il aujourd'hui ? Pourquoi tous ces soldats ? demanda Edhelja tout en comprenant que les événements de la veille n'étaient pas étrangers à cette démonstration de force.

— Ça doit être en rapport aux explosions d'avant hier, répondit le Contremaître Monsieur Colimin, encore ces vermines de Résistants qui foutent le bordel.

Edhelja grimaça… mais ne répondit rien.

Ses journées se résumaient principalement à de la maintenance aethéronautique, plonger le nez dans les propulseurs, changer des courroies, engrenages et autres hélices…

C'était un métier dur et quelquefois dangereux mais cela permettait de survivre dans la précarité économique de l'Imperium.

Peu avant midi, une forme foncée apparut dans le ciel. Un aetherscaphe noir aux dimensions irréelles se positionnait face au vent pour l'atterrissage.

Un énorme ballon central, entouré de trois ballons de taille plus réduites qui formaient un triangle équilatéral. Des voiles tendues se servaient de la force du vent pour propulser le vaisseau et ainsi économiser l'Odelune.

— Regarde, le vaisseau du Grand Ordonnateur Impérial. Tu crois que Nérath vient nous rendre visite ? jeta un collègue.

Edhelja secoua les épaules sans savoir quoi répondre.

Mais cette visite ne l'enchantait guère, le Grand Ordonnateur dirigeait les Sections d'Investigation, la milice politique de l'Imperium. Les gens les surnommaient "Les Nettoyeurs", à cause de leur cruelle efficacité pour faire disparaître qui que ce soit.

Sa venue n'augurait rien de bon. Il apparut sur la passerelle avec sa longue parka noire, la lumière parut s'estomper, à la manière d'une éclipse solaire.

Avec sept Lunes, le phénomène se produisait régulièrement sur Horalis.

Edhelja l'aperçut de loin, une désagréable sensation d'antipathie l'envahit aussitôt, il avait toujours ressenti une profonde aversion pour l'Imperium.

Monsieur Colimin était l'archétype du petit chef, petit, maigre et avec un gros nez. Il manœuvrait les dockers avec une main de fer et un certain sadisme. Son absence absolue de chaleur humaine était crainte car il virait ou faisait fouetter quiconque à son bon vouloir.

Il lança ses ordres :

— Messieurs, l'aetherscaphe de notre Grand Ordonnateur a reçu de graves dommages, je tiens à offrir à notre invité de marque le meilleur des services, si j'entends la moindre plainte, ce sera direction la porte, me suis-je bien fait comprendre ?

— Ouais, répondirent en cœur les ouvriers.

À l'exception d'Edhelja, ce qui n'avait pas échappé à Monsieur Colimin. Il prit son second à part :

— Tu m'le lâches pas d'une semelle Aimon, j'le sens pas ce gamin.

Il faut dire que le contremaître n'avait guère de choix, il devait utiliser Edhelja. Son efficacité en mécanique aethéronautique n'avait pas d'égal.

L'inspection des voiles de l'Aile Noire commença. À première vue, le flanc du ballon central était éventré de part en part. C'était un miracle qu'il ait pu voler jusqu'à Antoppe.

D'après Aimon, qui établissait la liste du matériel nécessaire aux réparations, les filets aethérostatiques étaient la seule raison pour laquelle le ballon ne s'était pas disloqué.

Edhelja l'aidait en lui prêtant ses yeux alors qu'il progressait sur l'immense structure. D'ordinaire, il travaillait sur des vaisseaux de taille plus raisonnable, mais l'Aile Noire était un véritable mastodonte volant et l'avarie se trouvait haut, très haut...

Ne regarde pas en bas, ne regarde pas en bas ! Tu as besoin de ce boulot...

Plus haut, un corbeau blanc était perché dans l'interstice d'une fenêtre entrouverte, proche de la grande verrière. Il y grimpa, curieux de la couleur peu commune de l'animal et voyant là un endroit parfait pour reprendre des forces, car la peur du vide consommait toute son énergie.

Lorsqu'il arriva au niveau de l'ouverture, l'oiseau s'envola.

Témoin de la scène, Aimon bouillonnait en voyant le jeune homme passer la tête à l'intérieur :

— Nom d'un filin, qu'est-ce que tu fais là ? Tu veux nous faire tuer ou quoi ?

Trop tard, Edhelja s'infiltrait déjà dans l'habitacle.

Le portrait de l'Empereur, encadré contre le mur semblait scruter ses moindres faits et gestes.

Il y régnait une forte odeur de cire. Un petit bureau secrétaire en bois, dont l'essence rouge se mariait parfaitement avec les incrustations en laiton, était installé contre le mur. Sur le parement en cuir noir du plateau s'étalaient plusieurs documents estampillés de la Croix de l'Imperium.

Il y jeta un œil.

Un petit bout de papier qui ressemblait à une liste attira son attention, les deux premières lignes étaient barrées.

Opération Sept Lunes
1. *Plume du Doyen des Corbeaux*
2. *Feuilles de Saules du Gyhr*
3. *Écaille de dragon...*

Mais un bruit retentit derrière la porte...

Me cacher vite, je suis mort si quelqu'un me trouve ici...

Il se jeta à l'extérieur, agrippant son filin de sécurité qu'il avait laissé pendre devant l'ouverture.

Au même instant, un officier impérial pénétrait dans la pièce. Il vit la fenêtre ouverte, passa la tête au travers et aperçut Edhelja. Mais avant qu'il ne sonne l'alarme, le jeune homme lui asséna un violent coup de poing sur le visage.

L'officier tomba en arrière, inconscient.

Edhelja referma la fenêtre et regarda autour de lui, par chance personne n'avait été témoin de la scène. Il regarda son poing avec étonnement surpris par la rapidité de son réflexe, jamais il n'avait ressenti une telle force auparavant.

C'était moins une...

Bientôt, il reprit son état normal et vit Aimon qui lui faisait de grands signes de descendre. La peur du vide le submergea de nouveau.

Mon cœur, mes jambes… Respire, respire…

Bien que très énervé par l'escapade du jeune homme, Aimon garda sa langue, il travaillait en secret pour la Résistance. Il était hors de question de rapporter l'incident à Monsieur Colimin qui dirigeait les hommes avec une grande sévérité et de l'avis de plusieurs dockers, collaborait trop souvent avec l'Imperium.

Sans aucun doute, il se serait jeté sur l'occasion pour faire un exemple. Le dernier qui lui avait tenu tête fut battu, mis à la porte et livré aux autorités.

En fin de journée, Edhelja marcha seul sur les berges de l'Estuaire du Gyhr, dont il affectionnait particulièrement le calme. Il avait besoin de réfléchir.

Plusieurs questions le travaillaient. Il venait de frapper un officier de l'Imperium, d'où lui venait un tel courage, lui qui toute sa vie avait été un garçon plutôt discret qui ne s'était jamais vraiment senti à sa place.

Pendant ces quelques secondes, ce sentiment s'était évanoui, remplacé par une solide présence dans le moment, un instinct surdéveloppé et une confiance absolue en lui-même.

Mais, d'un autre côté, la présence du Grand Ordonnateur l'inquiétait au plus haut point.

Nérath vient pour la femme de l'autre jour, j'en suis sûr.

Il repensa aux documents qu'il avait vu dans l'aetherscaphe. Quelle nouvelle horreur l'Imperium préparait sous l'intitulé "Opération Sept Lunes" ?

Au même moment, à l'aethérodock, deux miliciens se rendirent dans le bureau d'Aimon qui restait souvent tard :

— Aimon Mag'Malan. Sections d'Investigations. Ouvrez ! ordonna l'un des agents en martelant la porte qui était verrouillée.

Aucune réponse. Aimon savait que s'il se faisait arrêter, il serait sûrement torturé… il ouvrit son tiroir et prit une fiole qu'il déposa devant lui.

Une tête de mort avait été griffonnée à la main sur l'étiquette.

Il se saisit d'un cadre posé sur son bureau, une esquisse au fusain de sa femme et de ses deux jeunes enfants, il le fixa pendant quelques longues secondes bien trop courtes.

Adieu…

Les Nettoyeurs continuaient de marteler la porte en métal avec insistance. Mais il n'y prêtait pas attention, il reposa le cadre, essuya une larme, souffla pour se donner du courage et prit la fiole de poison.

Il l'ouvrit, la porta à sa bouche… mais une main fit tomber la fiole, qui se vida sur le sol.

— Nous avons quelques questions à vous poser avant, fit l'un des Nettoyeurs qui avait fini par défoncer la porte et s'était engouffré dans le bureau en un éclair.

Il lui passa la matraque bleue sur le cou, Aimon tomba à genou par terre.

L'autre agent brisa la vitre du cadre sur le coin du bureau et s'empara du dessin.

— S'il vous plaît, ne faites rien à ma famille ! Ils sont innocents…

— La ferme ! Il fallait réfléchir avant de se ranger dans le mauvais camp !

Ils l'emmenèrent dans l'Aile Noire et l'enfermèrent dans une pièce sans fenêtre.

Un homme, ou plutôt une ombre entra. Il retira sa capuche noire, révélant ses cheveux noirs brillants, parfaitement plaqués en arrière.

Aimon reconnut immédiatement le Grand Ordonnateur. Il s'efforça de contenir sa peur, elle se lisait sur son visage.

Nérath posa la main sur sa poitrine et lâcha une incantation qui absorba complètement la lumière de la petite pièce :

— Apo'Kalupten,

Aimon sentit alors son être se vider de tout libre arbitre, de toute possibilité de choix.

— Voudriez-vous me faire l'obligeance de me donner votre nom et prénom cher Monsieur ? questionna le mage d'une voix très calme.

— Aimon Mag'Malan, répondit-il machinalement.

— Très bien. Avez-vous aidé la Résistance à s'emparer d'armes druidiques confisquées en transit à Antoppe ?

Aimon se battait de toutes ses forces intérieurement, mais le sort du mage s'infiltrait en lui comme un poison. Il ne pouvait rien cacher. Il agissait comme une machine qui exécute ce qu'on lui ordonne à la lettre.

— Oui, répondit-il.

— Qui est le mécanicien qui s'est introduit dans mon vaisseau sous votre surveillance cette après-midi ?

Intérieurement, Aimon ne voulait pas répondre à cette question car il savait très bien ce que cela voulait dire pour Edhelja.

Au fond, il aimait bien ce jeune homme discret, dont on sentait qu'il appartenait à une classe d'hommes de principes. Mais rien n'y faisait, il se mit à parler comme si sa mémoire était un livre ouvert. Il raconta tout ce qu'il savait, ce qui était bien peu car Edhelja ne partageait que très rarement sa vie personnelle au travail. Mais ce fut suffisant pour donner quelques précieux indices au Grand Ordonnateur qui posa la main sur sa poitrine et invoqua le pire des sorts :

— Zô Tanatha !

Une substance éthérique noire emmitoufla le pauvre Aimon qui cessa de respirer à la même seconde.

Nérath inspira profondément, comme s'il se nourrissait de la mort de sa victime, il était ce genre de fonctionnaire de l'Imperium qui prenait plaisir à faire le sale boulot lui-même.

Il ressortit de la pièce. Les deux agents montaient la garde devant la porte.

— Qu'est-ce qu'on fait avec sa famille ? demanda le Nettoyeur en agitant le dessin au fusain.

— Vous suivez la procédure.

— Les trois ?

— Les trois !

— Mais d'abord, vous allez me trouver Edhelja Ar Gowig, voici sa description, fit-il en leur tendant un bout de papier.

Jeune homme, cheveux bruns en bataille, yeux clairs.
Adresse : 22, rue des Tisserands.
Individu à capturer vivant !

Nérath envoya son perroquet journalier à Drakaric. Il se rendit ensuite à la caserne militaire jouxtant l'aethérodock et ordonna le déploiement d'un bataillon d'infanterie dans les Pentes.

Rappelons qui sont les Maîtres ici !

Plus tard dans la soirée, les soldats enfoncèrent les premières portes des habitations créant la panique chez les riverains. Les perquisitions étaient musclées, plusieurs Antoppains dormaient déjà lors de l'arrivée des militaires. Les habitations, souvent spartiates des Pentes, étaient passées au crible, fouillées de fond en comble et laissées en plein désordre. Toute opposition était sévèrement réprimée par une bastonnade en règle. Edhelja, qui rentrait de sa marche nocturne, arriva en plein milieu du chaos, il courut immédiatement vers sa demeure… Trop tard, un Nettoyeur agrippait sa grand-mère par les cheveux et lui mettait des gifles.

— Dis-moi où est le fils Ar Gowig ?

— Mima ! hurla Edhelja.

— Sauve-toi Edhel ! Ils viennent pour toi ! L'Imperium a retrouvé ta trace, fit-elle en pleurant.

— Tais-toi ! hurla l'un des agents.

Elle tentait de se défendre comme elle pouvait, mais le milicien la frappa au visage avec sa matraque de service. Elle bascula en arrière et heurta le coin de la table.

Edhelja bouscula le Nettoyeur et se précipita vers elle, mais elle ne bougeait plus.

Non, Mima !…

Il passa la main derrière son cou et la ressorti pleine de sang.

Tu vas le regretter sale enfoiré !

Une force surhumaine monta en lui. La même force qu'il avait sentie plus tôt dans l'après-midi mais décuplée par la colère.

Il se releva et fit face aux deux Nettoyeurs, ses yeux injectés de sang les condamnaient virtuellement à mort avec une rage qu'il n'avait jamais ressentie auparavant.

L'un d'eux se jeta sur lui pour le rouer de coups de matraque, il poussa alors un cri rauque proche d'un grondement de chien et senti la salive dégouliner dans sa bouche, comme s'il était possédé par un démon.

Il défonça d'un revers de main la mâchoire du premier Nettoyeur avec une rare violence. Le deuxième essayait de lui tirer dessus avec son arme, mais il bondit sur lui en un éclair et le saisit à la gorge, serrant son étreinte jusqu'à ce qu'il s'effondre sur lui-même, comme si ses jambes avaient perdu toute force.

Son énergie chuta d'un seul coup, il se senti confus et complètement désorienté.

Il venait de tuer deux hommes.

Pire que ça, il les avait massacrés comme une bête sauvage.

Il s'effondra en voyant sa pauvre grand-mère, elle ne respirait plus. À genoux devant elle, il l'a porta contre lui. Il sentit sa présence bienveillante qui flottait encore dans la pièce, mais elle s'en allait.

La peine envahit son plexus, comme si une main lui attrapait le cœur et l'écrasait sans relâcher son étreinte.

Comment ces lâches avaient-ils pu s'en prendre à la personne la plus douce et attentionnée du monde ?

Mima, non ! Pas toi...

Il s'en voulait terriblement d'avoir levé la voix contre elle deux jours plus tôt, il l'avait accusé de lâcheté, elle essayait de le protéger, cela paraissait évident. C'était trop, il résistait mais les larmes inondaient ses yeux. Il pleurait, à genoux en tenant le corps de celle qui avait été sa seule famille.

Ça doit changer, ça doit changer ! Il faut se battre...

Son avenir se dessinait maintenant avec clarté et certitude.

Il allait combattre.

Combattre l'Imperium de toute sa force. Chaque seconde, chaque minute, chaque heure, chaque jour sera désormais consacré à anéantir ce régime inhumain.

Il n'était pas seul, combien d'autres familles avaient été déchirées, détruites à cause de la folie d'une poignée d'hommes, imposant leur vision maladive de l'ordre.

Il rejoindrait la Résistance coûte que coûte !

— Edhel, Edhel, appela un jeune homme dans la maison voisine.

— C'est toi Tony ?

— Oui, qu'est-ce qui s'est passé ? J'ai peur !

— Il l'ont tué Tony, ils ont tué Mima.

Le petit Tony ne savait pas quoi répondre. Il habitait au 20 de la Rue des Tisserands. Deux ans plus jeune qu'Edhelja, ils avaient joués ensemble quand ils étaient plus jeunes, mais depuis qu'il travaillait aux docks ils ne se voyaient que très rarement.

— Cache-toi Tony, ils vont revenir plus nombreux.

— Edhel tiens, fit Tony en lui tendant un sac à dos rempli de nourriture, Maman dit que tu en auras besoin.

— Merci.

Edhelja devait partir maintenant.

Il réfléchissait méthodiquement, comme si, aussi bizarre que cela puisse paraître, cette situation extrême lui était familière.

D'abord cacher les corps des deux Nettoyeurs, le fond de la cave serait parfait. Il vit un bout de papier qui dépassait de la poche de l'un des Nettoyeurs et reconnu aussitôt le dessin.

Aimon et sa famille...

Il le plia soigneusement et le glissa dans sa poche.

Il enveloppa sa grand-mère dans un drap blanc, puis l'emmena en haut des Pentes, sur la colline du Prat.

Elle aimait tellement cet endroit où elle pouvait observer le coucher de soleil sur toute la ville et l'océan, tranquillement assise sur un banc, tout en discutant avec les voisines.

Aidé de quelques riverains, il confectionna un bûcher de fortune, et alluma le feu qui la transforma en cendres. Le vent emmenait chaque particule qui se mêlait à l'air d'Antoppe. Son âme faisait partie de la ville maintenant, de sa ville. Elle était libre !

Heureux sont les morts, ils ne souffrent plus...

Mais cela devait changer.

Le feu brûlait avec ardeur, les flammes rayonnaient sur sa poitrine.

L'objet des docks qu'il portait autour du cou se mit à vibrer, à émettre de la lumière et fusionner avec le centre du tatouage sur sa poitrine. Depuis tout petit, il portait une tâche de naissance sur le torse qui avait changé de forme plusieurs fois au cours de sa vie.

Mima lui interdisait de la montrer à quiconque.

Aujourd'hui, il comprenait pourquoi elle avait été aussi dure avec lui.

Puis il entendit une voix grave et profonde, il regarda autour de lui mais ne vit personne, la voix venait de l'intérieur. La même voix qu'il avait entendue quelques jours plus tôt.

3

L'Appel

"Va au-devant du soleil levant Edhelja, à la falaise Sanguine, marche vers le Nord et rejoins moi au-delà des ruines de tes ancêtres. Il est urgent que tu découvres ta vraie nature car la prochaine Adakwi Loukno est imminente."

Adakwi quoi ?

Qu'est-ce que ça signifiait ?

Était-ce un piège ? Ses connaissances de l'immense Horalis étaient bien maigres.

Qu'était la falaise Sanguine ? Était-ce là où vivaient les dragons ? Il avait entendu parler d'une légende de grands lézards volants buvant la lave d'Horalis à la falaise Sanguine, mais c'était un conte pour enfants, y avait-il un rapport ? Ce n'était pas le genre de choses qu'on apprenait à l'école de l'Imperium.

Qu'étaient les ruines de ses ancêtres ? Quels ancêtres ? Il venait de voir mourir sa seule famille.

Dorénavant, plus rien ne le retenait à Antoppe, le seul endroit qu'il n'eût jamais connu. D'une certaine manière, cette triste épreuve le libérait. Il n'imaginait pas revenir une seule seconde travailler dans l'aethérodock.

L'appel était un signe du destin, la mort de Mima aussi. Sa décision était prise, il quitterait Antoppe ce soir. Dès que le bûcher s'affaiblit, il partit rejoindre les bords du Gyhr.

La rivière venait du soleil levant. En usant de simple déduction, il suffisait donc de la remonter.

Tout en marchant d'un pas décidé, il se perdit dans ses pensées, il revoyait sa vie, tous ces instants qui l'avaient mené à ce moment précis. Il repensait à son enfance lorsqu'il allait ramasser des coquillages et pêcher des crabes sur les bords de l'Estuaire à marée basse, à l'odeur nauséabonde de la vase boueuse qu'il ramenait dans ses souliers, aux quartiers riches des bords du Gyhr qu'il arpentait avec ses camarades de jeu, où il sonnait à chaque porte puis courait se cacher.

Il entendait les crieurs qui vendaient le poisson frais de retour de pêche sur les quais du port, se souvenant du brouhaha des négociations sans fin entre les tisserands de son quartier des pentes, qui transformaient les cocons de soie de la Forêt du Gyhr en onéreuses chemises souvent exportées pour vêtir la riche bourgeoisie de l'Imperium.

Puis, en grandissant, il dut aller travailler pour aider sa grand-mère. Des deux secteurs qui offraient le plus de travail, ce fut les docks qui l'emportèrent sur l'industrie de la soie.

De par sa position géographique centrale, Antoppe s'était imposé comme le centre des transports aériens de l'Imperium.

Il versa quelques larmes contenues au souvenir des promenades avec sa Mima dans les rues toujours bruyantes et actives d'Antoppe. Ces quelques sanglots ravivaient en lui son côté humain, lui faisant oublier quelques minutes la bête féroce qui s'était réveillée en lui.

Il sécha ses larmes et finit même par éprouver l'enthousiasme de l'aventure. Mais il se senti vite coupable, seulement quelques heures après la tragédie. Après tout, quel autre choix avait-il ? L'évidence se présentait à lui, l'action était sa seule option.

Il marcha jusque tard dans la nuit, il était exténué. Il s'allongea contre un tronc au bord de la rivière et s'endormit.

Au petit matin, il fut tiré du sommeil par la main dérobeuse d'une jeune femme svelte à la chevelure couleur d'étoile. Elle tentait de s'emparer de son pendentif :

— Eh ! fit-il en saisissant la gorge de son agresseur, qui es-tu ?

— …, émit-elle comme elle pouvait, surprise par la vivacité d'Edhelja.

— J'te reconnais, c'est toi qu'j'ai vu dans les docks l'autre jour, pourquoi t'essaies de me voler ?

Les jolis yeux bleus gris de la jeune femme le suppliaient avec insistance de lâcher prise.

Edhelja retira sa main, toujours surpris par ses réflexes de feu et cette récente force surnaturelle qu'il ne s'expliquait pas.

— Où as-tu trouvé cet odelunier ? fit-elle après avoir repris son souffle.

— De quoi tu parles ? Ça ? dit-il en montrant l'objet qu'il portait autour du cou.

— Ouais, un odelunier !

— Je l'ai trouvé dans la main de l'un des Nettoyeurs que tu as terrassé.

— Cet objet ne t'appartient pas, donne-le-moi, nous en avons grand besoin, insista-t-elle.

— Nous ? Qui d'autre ?

Comprenant qu'elle devait lui donner quelques explications pour qu'il se sente en confiance, elle lui avoua qu'elle était en mission pour la Résistance.

— Une Résistante ? Je t'avoue que je m'en étais douté…

— Maintenant, tu comprends pourquoi je dois récupérer cet odelunier ! insista-t-elle

— Non, cet ode… comment tu dis ?

— Odelunier.

— Oui voilà, je le garde !

— Regardes là-bas, des soldats, fit-elle en pointant son doigt.

Le jeune homme se retourna et elle saisit l'objet, mais à l'instant où ses doigts le touchèrent, un flash lumineux blanc illumina la poitrine d'Edhelja.

Une tête de loup se dessina sur ses pectoraux puis l'odelunier fut absorbé dans son corps. Elle recula d'un pas par réflexe mais le jeune homme la retint fermement par le poignet. Un flash argenté illumina ses yeux :

— Je t'ai dit que je le garde, menaça-t-il.

— Comment est-ce possible ? Qui es-tu ?

— Edhelja, et toi ? Tu ne m'as pas dit ton nom.

— Impossible ! répondit-elle perturbée.

— Impossible que tu me donnes ton nom ?

— Non, impossible que l'Odelunier te... à moins que ? Non, non ! Ce n'est pas possible !

— Pourquoi impossible ? poursuivit-il.

— Les Druides sont tous morts, ou sont devenus des Dreades au service de l'Imperium. Et ce sont les seuls ayant une connexion aussi forte avec leur odelunier.

— Je ne suis ni mort, ni au service de l'Imperium !

— Dans ce cas...

Edhelja pris quelques secondes pour réaliser. Cela expliquait cette incroyable force qu'il sentait depuis deux jours.

— Aenore Dorell, fit la jeune femme en tendant sa main.

Il sourit en retour.

— Il me parle aussi.

— Qui ça ?

— L'Odelunier. Il me presse de le rejoindre aux ruines de mes ancêtres et que je devrai marcher vers le nord lorsque j'arriverai à la falaise Sanguine.

— Sybae ! s'exclama-t-elle.

— Syba… Quoi ?

— Sybae, l'ancienne Capitale des Druides, détruite lors de la dernière Adakwi Loukno lorsque Drakaric proclama l'Imperium.

— C'est ça ! fit-il en pointant le doigt vers Aenore, Adakwi Loukno, c'est ce qu'il disait. L'Adakwi Loukno est imminente. Aucune idée de ce que ça veut dire…

— C'est la nuit de l'alignement parfait des Sept Lunes.

L'allusion à ses ancêtres venait de prendre tout son sens, mais Edhelja n'avait jamais entendu parler de cette ville, l'école de l'Imperium n'enseignait absolument rien à propos des Druides.

— Tu connais un moyen de se rendre rapidement à Sybae ? demanda-t-il.

— Le Stéostoon ! répliqua la jeune femme avec enthousiasme.

— Nous n'avons pas d'argent pour acheter un billet et je suis sûr que c'est bourré de soldats et de Nettoyeurs.

— Il y a quelques avantages à être avec une Neitis, je t'accompagne si tu veux bien ? Moi aussi je dois partir dans cette direction.

Le Réseau Impérial des Lignes de Fer, communément appelé "le RILF" par les habitants d'Horalis, fut construit avant le règne de l'Imperium.

Le système utilisait la force titanesque des Stéostoons, animal à six pattes, très docile, pouvant marcher à vive allure pendant plusieurs heures, en tractant de lourds wagons.

Le principe était simple, le conducteur faisait pendre une citrouille géante à l'aide d'une perche devant le nez de la bête, et elle courait de toutes ses forces pour l'attraper. Pour s'arrêter, il fallait simplement la laisser déguster sa récompense, et pour prendre les virages, il suffisait d'orienter la courge à gauche ou à droite.

Edhelja et Aenore se rendirent à la station la plus proche : la Gare de l'Estuaire à la sortie d'Antoppe.

— Comment comptes-tu t'y prendre ? demanda-t-il.

— Je peux pas vraiment te le dire, mais je m'en occupe.

— Ok.

La gare était bruyante et remplie de monde. Les nombreux soldats présents affolaient quelque peu le jeune Druide, qui tenait à rester discret. Mais Aenore lui assura que tout se passerait sans anicroche.

Étonnamment, même après les tentatives de la jeune femme de dérober son odelunier, son instinct lui dictait qu'il pouvait lui faire confiance.

Elle posa une main sur la poitrine et orienta l'autre dans leur direction :

— Atara'Xia, invoqua-t-elle.

— Edhelja sentit comme un coup de vent sur le visage.

— Hé, qu'est-ce que tu fais ?

— C'est un sort de discrétion, expliqua-t-elle.

— Un sort ?

— Oui, un sort magique qui permet de passer inaperçu, les soldats nous voient mais ils ne font pas le lien avec l'avis de recherche. Par contre, ça ne marche qu'avec les non-initiés, un Dreade ou un haut gradé nous percerait à jour.

— Ça nous protège pour combien de temps ?

— C'est temporaire, si on traîne pas trop, on aura le temps de partir d'ici avant que l'effet ne s'estompe.

— C'est rassurant !

Pendant que Aenore s'éloignait pour trouver des billets, Edhelja s'émerveillait à la vue des Stéostoons bien rangés chacun sur leur voie.

Une gigantesque horloge suspendue sous la charpente métallique trônait au milieu de la gare pour être visible du plus grand nombre.

Derrière un immense amplivoix en laiton, une femme énumérait avec un rythme lancinant les numéros de quais, les horaires de départ et les différentes destinations. Tous types de personnes s'affairaient dans cette frénétique agitation.

L'interdiction de l'usage de la magie pour les humains avait stimulé le développement de l'industrie. Un boom industriel ouvrait de nouveaux marchés chaque jour et poussait les hommes d'affaires à envoyer leur voyageurs de commerces aux quatre coins de l'Imperium. D'apparence aisée, ils portaient leur serviette avec une fierté non dissimulée.

Des balayeurs ramassaient les déchets sur les quais quand ils ne s'appuyaient pas sur leur balais pour bavarder avec les contrôleurs en échangeant des plaintes sur la dernière circulaire du RILF.

Il y avait aussi de pauvres gens auxquels personne ne prêtait réellement attention qui mendiaient quelques pièces par-ci par-là.

Enfin, de simples voyageurs retournaient visiter leur famille restée dans les campagnes, alors qu'ils s'étaient exilés à la ville pour trouver du travail. Ils traînaient derrière eux leurs pesants chariots de malles tout en regardant à gauche et à droite avec un certain stress pour trouver le bon quai.

Seuls manquaient les plus riches industriels, qui ne se mélangeaient jamais à ce ballet populaire, préférant la quiétude de leur aetherscaphe personnel.

Mais une odeur nauséabonde gâchait quelque peu l'émerveillement d'Edhelja :

— Pourquoi ça pue comme ça ? demanda-t-il à un employé du RILF

— Vous n'avez jamais pris le Stéostoon jeune homme ?

— Non, répondit-il un peu honteux.

— Vous n'avez pas une petite idée d'où ça peut venir ?

— Aucune idée !

— Allons jeune homme, où pensez-vous que les bêtes font leur besoin... Hein ? Ce serait beaucoup trop dangereux en chemin ! D'habitude, on revend le fumier aux agriculteurs de la plaine du Gyhr, mais la saison des semences est passée et en ce moment la demande est faible, du coup, on a beaucoup de stock.

La forte odeur commençait à donner des hauts le cœur au jeune homme lorsqu'il aperçut son voisin des Pentes.

— Tony ! Tony ! Qu'est-ce que tu fais là ?

— On part vers le nord, on a des cousins à Folhala. Ça devient trop dangereux dans les Pentes, il y a des Nettoyeurs partout !

Le père de Tony l'attrapa par la manche et le tira vers lui :

— Ne parle pas à ce vaurien, c'est de sa faute si on doit partir des Pentes, fit il à voix basse en l'éloignant.

Tony fit un timide signe de la main. Edhelja répondit par un hochement de tête. Il avait tout entendu. Et si c'était vrai ? Ces paroles le touchaient profondément.

Rien de tout cela ne serait arrivé si je n'avais pas fouillé dans cet aetherscaphe…

Aenore sortit de la foule avec deux billets en main :

— Suis-moi, dit-elle d'un mouvement de tête.

— Ouais allons-y, ça pue ici.

— Oh, pauvre petit Druide qui craint une odeur de caca…

Edhelja ne rigola pas, il pensait toujours aux paroles du père de Tony.

— Quelque chose ne va pas ? demanda-t-elle.

— Non, rien. Tout va bien !

L'express pour la Porte du Gyhr attendait à quai en voie C, ils montèrent dans leur wagon sans problème.

Être avec une Résistante avait effectivement ses avantages, les fauteuils de première classe leur offraient un grand confort et le plafond en verre permettait d'admirer le paysage.

Edhelja était subjugué par la force titanesque du Stéostoon, comment cet animal pouvait réussir pareil miracle. Le lourd convoi se mouvait de plus en plus vite jusqu'à ce qu'Antoppe ne soit plus qu'une lointaine silhouette à l'horizon.

Le Stéostoon allait bon train, Aenore était absorbée par la beauté du coucher de soleil sur les plaines lorsqu'elle aperçut au loin une silhouette qu'elle redoutait :

— Un Arc'Hoïde !

— Encore un sort ? blagua Edhelja.

— Non, un Arc'Hoïde, un oiseau de chasse, il faut qu'on se cache, maintenant !

Edhelja observait la scène depuis le wagon, il fallait admettre que l'animal avait une allure terrifiante. L'attaque d'un Arc'Hoïde était toujours précédé d'un son strident et angoissant qui se formait dans les plumes de l'animal. L'oiseau fondait sur le Stéostoon avec une effroyable rapidité.

— On doit partir maintenant ! insista Aenore.

Les wagons ralentissaient.

— C'est un barrage, ils vont tout fouiller. Si nous arrivons à rester cachés jusqu'à la nuit, nous pourrons rejoindre la forêt du Gyhr à pied. Viens, j'ai une idée. Remontons jusqu'à la tête. Ils vont commencer la fouille par l'arrière du convoi pensant qu'on s'enfuirait dans cette direction.

Les soldats se plaçaient devant chaque porte et déferlaient dans les wagons.

— Restez assis à vos places respectives, ceci est un simple contrôle de sécurité, criait l'un des militaires.

Fort heureusement, Aenore renouvela son sort de discrétion et ils purent atteindre l'avant du convoi, mais l'Arc'Hoïdier faisait atterrir sa monture.

— Un Mage Dreade, s'affola Aenore.

Il portait une veste noire à manches courtes, ses lourds biceps contrastaient avec la petite taille de sa face. Il sentit leur présence et marcha en direction du Stéostoon.

— Cachons nous sous l'animal, chuchota Aenore.

La grandeur de la bête et sa longue fourrure offraient plusieurs bonnes cachettes.

Un soldat, plus fouineur que les autres, se glissa entre les pattes du monstre. Il aperçut les pieds d'Edhelja qui dépassaient et s'apprêtait à donner l'alarme quand Aenore le neutralisa froidement.

— Akte Subno.

Le soldat s'écroula.

— Cache-le, ordonna-t-elle.

— Tu ne l'as quand même pas—

— Non, rassure-toi, il va juste faire une bonne sieste.

Ils sortirent de leur cachette pour prendre la fuite et rejoindre la forêt au plus vite. Mais le mage les avait maintenant aperçu et se mit à les poursuivre.

— Vite ! fit Aenore, le Dreade est d'un autre niveau, je ne peux rien faire face à lui.

Trop tard, le mage projeta un lasso invisible qui fit trébucher Edhelja. Aenore s'arrêta pour l'aider à se relever mais il la devança et lança un puissant sort.

— Kron'Entrop.

Edhelja fut miraculeusement épargné par le puissant sort. Son odelunier fusionnait avec sa marque de loup, mais lorsqu'il regarda autour de lui, Aenore était figée en position de course, la poussière soulevée par ses pas lévitait derrière ses souliers.

Il se retourna vers le Dreade.

— Qu'est-ce que tu lui as fait ?

— Curieux que tu puisses me parler, je t'avais pris pour un elfe, tu devrais être figé comme elle, qui es-tu ?

— Viens plus près si tu veux savoir !

— Pardon ?

Le mage fit apparaître des boules d'énergie rouges au creux de sa main qu'il propulsa vers Edhelja. La même voix intérieure de l'appel d'Antoppe lui souffla "A'Houchis" qu'il prononça aussitôt à voix haute, une forme ronde et convexe prit forme devant lui, comme construite à partir de rien.

Puis il sentit une énergie liquide couler dans son échine, sa mâchoire se serrer, et des griffes de lumière jaillir de ses poings.

Il bondit sur son agresseur.

Surpris, ce dernier invoqua à son tour un bouclier pour se protéger de la pluie de directs et autres crochets qu'il recevait.

Plus expérimenté, le Dreade répliqua avec un violent coup de poing qui secoua la mâchoire d'Edhelja. Ce qui eut pour effet de faire grimper sa rage d'un cran, il se concentra sur le bouclier du mage qui se fissura puis éclata sous ses attaques répétées.

Enfin, il vit une ouverture et le frappa lourdement au visage.

Le Dreade fit un vol plané sous le choc.

Edhelja s'effondra, comme si toute son énergie disparaissait d'un seul coup. Le sort étant rompu, Aenore reprenait ses esprits et aperçut son compagnon d'aventure étendu sur le sol :

— Yaom'Ess, incanta-t-elle pour le soigner.

Trente secondes plus tard, Edhelja se réveilla, toujours affaibli :

— Que... que s'est-il passé ? demanda-t-il hagard.

— Aucune idée, je pensais que tu pourrais m'expliquer.

— Le Dreade, ou est-il ?

— Il est allongé là-bas, tu l'as bien sonné, il faut partir, accroche-toi, je vais t'aider.

— Mes jambes me portent à peine, qu'est-ce qui se passe ?

— Tu viens de découvrir la magie instinctive et la toxicité de l'Odelune.

— Pardon ?

— Oui, c'est une forme primitive de magie, elle est très puissante mais consomme beaucoup d'Odelune, tu aurais pu te tuer !

— Comment sais-tu tout ça ?

— Ce n'est pas le moment, vite, le Dreade se relève.

Aenore regarda autour d'elle pour évaluer rapidement ses options, puis son regard s'arrêta dans la direction du Stéostoon.

— C'est notre seul chance ! déduit-elle.

Une fois au pied de l'immense bête, le mage s'était réorganisé et fondait sur eux, accompagné d'une vingtaine de soldats.

— Allez grimpe là-haut, accroche-toi aux poils, nous n'avons plus la force d'affronter tout ce monde, dit-elle inquiète.

Edhelja était confus et désorienté, comme s'il avait trop bu. Il regardait vers Aenore :

— Hihihi, j'avais jamais remarqué comme tes oreilles sont pointues.

— Concentre-toi banane, t'es complètement shooté.

— Il t'en reste ? J'en veux encore !

— Non, tu t'es beaucoup trop exposé, tu as frôlé l'overdose.

Pour toute réponse, Edhelja se mit à bouder. Il s'installa douillettement entre les longs poils de l'animal.

Aenore retira la goupille qui les reliait aux wagons et mit la citrouille géante devant le nez du Stéostoon qui se mit à la renifler puis à courir tout droit en affichant un bonheur si simple.

Le groupe de soldat se dispersa pour ne pas se faire démantibuler par l'imposante bête. Ils prirent la direction de la forêt du Gyhr, vieille comme Horalis.

Bien des légendes naquirent de ce haut lieu de la magie. La Forêt serait habitée par de mystérieuses lumières qui hantent les rêves de ceux qui y dorment.

C'était un passage obligé pour Aenore et Edhelja.

Épuisés par les récents événements, ils s'allongèrent sur le dos du Stéostoon et s'emmitouflèrent dans son épaisse fourrure laineuse. Ils admirèrent en silence l'apparition des Lunes d'Horalis dans le ciel.

Edhelja retrouvait ses esprits, plusieurs questions naissaient en lui.

Que lui arrivait-il ? Qui était réellement Aenore ?

Il sentait une forte complicité avec elle malgré leurs différences.

Quelque chose en elle n'était pas humain.

— Merci, dit-il.

— Pour ?

— T'être occupé de moi.

— Tu sais que tu m'as sauvé la vie ? Ce Dreade que tu as combattu, son nom est Ushumor, il est l'un des Sept.

— Un des Sept ?

— Lors de la Première Guerre des Sept Lunes, Sept Druides trahirent le Conseil et rejoignirent Drakaric en devenant des Dreades. Depuis, ils ont méthodiquement traqué et éliminé ce qu'il restait de leur peuple.

— C'est horrible !

— Je pense qu'il ne s'attendait pas à ce que tu te battes avec autant de force. En général, quand tu croises un Dreade, c'est la dernière image de ce monde que tu emportes avec toi dans l'au-delà.

— Et ben, ça va le travailler ce p'tit Dreade d'avoir pris une dérouillée…

— Très drôle, tu as eu une chance inouï, soit humble Edhel. C'est un miracle que tu sois là.

— J'étais à peine à la moitié, j'attends les autres !

— Méfie-toi encore plus des autres, certains sont plus vicieux. Scarlarine de Trislor se fait appeler la Mante. Elle immobilise ses victimes avec un sort, ensuite elle casse leurs os un par un et elle infiltre leur esprit pour détruire toute leur combativité. Elle les fait ensuite mourir lentement pendant plusieurs jours.

— Qui es-tu Aenore ? Comment sais-tu tout ça ?

— La Résistance m'a montré le vrai visage du monde.

— Pourquoi tu ne m'a pas dit que tu es une Elfe ?

— Ça se voit pas ?

— Non… enfin je sais pas. T'es…

— Quoi ?

— Euh…

— Vas-y parle.

— Très belle.

— Haha, c'est comme ça qu'on reconnaît les Elfes pour toi ?

— Non. Je sais pas, t'es la première que je vois. Et puis, t'as pas les oreilles pointues.

— Très juste.

Aenore retira ses boucles d'oreilles, la forme de ses pavillons s'affina. Il n'y avait plus aucun doute sur ses origines. Elle resta éveillée pour guider le Stéostoon, la forêt était encore à quelques heures devant eux.

Au même moment, à bord de l'Aile Noire, toujours en réparation dans les docks d'Antoppe, Ushumor apporta à Nérath la nouvelle de sa défaite :

— La Neitis était bien avec le jeune homme recherché, mais c'est un jeune Druide !

— Druide ou pas Druide, vous avez pris une raclée Ushumor, déplora Nérath toujours avec un calme déstabilisant, de surcroît par un avorton sans expérience, comment osez-vous revenir vers moi sans résultat ?

— Il m'a surpris, je ne m'attendais pas à tomber sur un Druide, je n'ai jamais vu son nom sur nos listes de nettoyage.

— Par où sont-ils partis ?

— En direction de la Forêt du Gyhr, il y a peu de chances qu'ils en sortent indemnes.

— Il semble que vous n'ayez pas retenu votre leçon. Prenez des hommes et quelques Nettoyeurs avec vous, encerclez la forêt et organisez une chasse à l'homme.

— Comme il vous plaira Mon Grand Ordonnateur.

— Concentrez-vous sur le sentier qui mène à Sybae. Il y a encore un nom que nous n'avons pas barré sur la liste. Je pense qu'il n'est pas étranger à tout ça...

— Heskenga ?

— Qui d'autre ? Vous cachez des Druides ?

— Non, Mon Grand Ordonnateur.

— Dernière chose, fit-il en lui tendant une fiole en verre de petite taille, pendant que vous êtes dans la forêt du Gyhr, capturez un Drogène dans cette fiole que vous m'enverrez avec votre perroquet.

— Comme il vous plaira Mon Grand Ordonnateur.

— Ne perdez pas une minute ! Et ne me décevez pas une seconde fois !

Quelques instants plus tard, une silhouette apparut du néant derrière Nérath.

— Embarquez sur son vaisseau et tâchez d'en apprendre le plus possible sur ce nouveau Druide, fit le Grand Ordonnateur sans même se retourner, Ushumor est aveuglé par son orgueil. Son jugement est par conséquent inadapté à la situation et pourrait causer sa perte.

Puis il ajouta avec insistance en détachant chaque syllabe:

— Dans la plus grande discrétion ma chère Scarlarine de Trislor.

— A vos ordres, fit-elle en se fondant de nouveau dans le décor.

Nérath alla ensuite à la rencontre de Monsieur Colimin, le contremaître en charge des réparations de l'Aile Noire :

— Je pars demain matin à l'aube, finissez les réparations et refaites les niveaux d'Odelune.

— À vos ordres Mon Grand Ordonnateur !

— Avez-vous terminé l'installation du module d'imperceptibilité ?

— Comme vous l'avez souhaité mon Grand Ordonnateur.

— Parfait ! se félicita Nérath avec un sourire sournois.

.

4

Le Cartel du Saragor

Une jeune femme vêtue de blanc frappa avec insistance la massive porte en bois de la plus grande villa de Port Taïs. Une petite trappe s'ouvrit à hauteur d'homme :

— Identifiez-vous ! fit une voix grave.

— Je veux parler à Joran Ghornvil immédiatement.

— Qui le demande ?

— Contente-toi de m'ouvrir.

La trappe se referma dans un claquement sec, quelques minutes plus tard une petite porte dans la grande porte s'ouvrit.

Un long couloir menait à une cour intérieure ornée de palmiers et d'arbustes en fleurs, qui distillaient un parfum très tropical.

Au milieu, une piscine de forme ronde en mosaïque bleu-gris était entourée d'une demi-douzaine de femmes aux formes attrayantes, vêtues de fines étoffes délicates et transparentes, qui se doraient au doux soleil orange de cette fin d'après-midi.

Le garde escortait la jeune femme de près et portait à sa ceinture un fourreau en cuir abritant une dague sertie d'un cristal lumineux jaune.

Elle marchait avec une assurance typique du milieu des hors-la-loi, à la limite de l'arrogance. Ses vêtements clairs, contrastaient avec le teint plus mat de sa peau.

Ils gravirent un colimaçon en fer forgé qui menait au premier étage et rejoignirent les coursives, élégamment dissimulées par une fine dentelle de pierre de couleur ocre. Quelques hommes en arme se tenaient droits comme des cierges tous les trente pieds environ.

Le garde indiqua le maître des lieux d'un signe de tête, un homme vêtu d'une chemise blanche dont les boutons résistaient miraculeusement à la tension exercée par sa panse.

De son encolure pendait une pépite d'or brute qui résumait sans aucun doute possible, son évidente richesse. Une épaisse moustache parcourait son large visage couvert de cicatrices.

C'était Joran Ghornvil, patron des patrons de la contrebande de Port Taïs, chef de la plus formidable organisation criminelle d'Horalis : le cartel du Saragor.

Affalé sur une série de coussins finement brodés, il observait avec amusement les jeunes femmes se distraire dans la piscine, caché derrière un épais nuage de fumée qu'il recrachait de son narguilé.

Il leva les yeux vers sa convive :

— Diyana Koriana, que me vaut l'honneur ?

— Honneur ? Je n'aurais jamais imaginé entendre ce mot sortir de ta bouche Joran.

— Haha, tu parles d'honneur... toi, qui me doit cent mille Drasks, asséna-t-il avec un rire forcé repris en cœur par son armée d'hommes de main, j'ose imaginer que tu viens me les apporter ?

— Non, je veux un délai supplémentaire et récupérer mon vaisseau, je te donnerai deux cent mille.

— Elle veut...? Ma chérie, tu sais bien que c'est pas possible. Que dirait-t-on dans la rue, hein mon poussin ?

— Deux semaines et trois cent mille !

— Non ! dit-il en jetant un regard à l'un de ses gorilles.

Deux gardes la saisirent, l'un d'eux apposa la base de sa dague contre son dos. Un flash orange jaillit du cristal serti dans le manche et se propagea jusqu'aux yeux de Diyana.

Elle tomba sur les genoux, le souffle coupé comme si elle avait reçu un direct dans le diaphragme. Joran s'approcha si près qu'elle pouvait respirer son odeur musquée.

— Mon poussin, tu me déçois… tu croyais vraiment que tu pourrais me berner aussi facilement ? Moi, Joran Ghornvil !

Il marqua un silence et porta un cure-dents à sa bouche.

— Tu as beau être la légendaire Diyana Koriana, ici tu es sous ma loi ! Comme toute la ville ! Je devrais te tuer pour ton insolence mais—

— Qu'est-ce que t'attends ?

Il marqua un autre silence, fit un tour sur lui-même et regarda ses hommes un par un. On aurait dit un père qui hallucinait devant l'arrogant courage de sa fille. Diyana profita de la distraction pour s'appuyer sur un pot de fleur en terre cuite dans lequel un magnifique pied d'éléphant poussait. Elle y déposa furtivement un fragment de pierre translucide.

Personne n'y prêta attention.

Les deux gorilles la remirent sur ses genoux.

— Mon poussin, je t'ai vu grandir, je ne suis pas un barbare... et tu peux encore m'être utile… emmenez-la !... Ah et dernière chose, je garde ton vaisseau.

Diyana peinait encore à retrouver son souffle si bien que ses pieds traînaient sur le sol quand les deux gorilles l'emmenèrent.

Ils l'enfermèrent dans les sous-sols d'une maison voisine, nettement moins bien décorée, avec une petite fenêtre haute quadrillée de barreaux en acier rouillé et des murs couverts par les messages de désespoir des anciens occupants. Une odeur épouvantable flottait dans les airs.

Affalée sur la terre battue, elle constata avec dégoût que ce charmant petit lieu fut à la fois le lit et les toilettes des précédents prisonniers.

Le vent du nord soufflait fort et apportait avec lui sa fine poussière de sable, rendant bientôt l'atmosphère quasiment opaque. Mais cette brise ravivait en elle le souvenir du désert, des dunes à perte de vue et du sentiment de liberté que procurent les grands espaces.

Diyana s'endormit malgré l'inconfort. Derrière son allure très féminine, elle était une solide contrebandière faisant de l'aventure son mode de vie quotidien.

Son sommeil fut de courte durée, car à la fenêtre, un corbeau d'une étrange couleur blanche s'évertuait à croasser le plus tapageusement possible :

— Foern'k, où étais-tu ? Pourquoi es-tu parti si longtemps ? demanda la jeune femme en ouvrant les yeux.

L'oiseau se tenait là, dans l'ouverture entre les barreaux. La lumière lunaire découpait sa silhouette et projetait son ombre sur la terre battue.

Au bout de son bec pendait une clef.

Ah mon Foern'k !

Elle n'avait jamais compris d'où lui venait son intelligence et son incroyable aptitude pour toujours tomber à pic. Ce n'était pas la première fois qu'il la sortait de situations délicates.

Elle prit la clef et ouvrit la porte rapidement pour s'enfuir. Elle se faufila en silence vers la sortie, sans interrompre les ronflements de celui qui était censé garder une œil sur elle. Foern'k l'attendait et vint se poser sur son épaule.

— J'ai encore un service à te demander mon vieux...

Elle lui montra la moitié d'un quartz espion qui était serti dans l'un de ses bracelets.

— L'autre bout est dans cette villa, lui expliqua-t-elle, je te retrouve au vaisseau.

L'oiseau décolla immédiatement de son épaule.

Les Lunes brillaient intensément à Port Taïs, ce qui rendait la nuit suffisamment claire pour s'y promener sans lanterne.

Diyana se dirigea directement vers l'aethérodock, là où Joran avait confisqué son légendaire aetherscaphe, l'Inattendu.

Le vaisseau flottait quelques pieds au-dessus du sol, suspendu sous deux ballons blancs comme les nuages. Comparé au gigantisme de l'Aile Noire, l'Inattendu était de taille très modeste. On aurait dit un catamaran à l'envers avec ses deux dirigeables apposés côte à côte.

Deux hommes montaient la garde, Diyana se hissa en silence sur l'aetherscaphe voisin du sien. Elle grimpa sur le dessus du ballon, puis jeta une pierre sur le Contrebandier, fleuron de la flotte du cartel.

— Il y a quelqu'un, fit l'un des gardes, va voir ce qu'il se passe !

Elle prit de l'élan et sauta sur le ballon de son aetherscaphe. Le garde entendit du bruit, leva la tête mais ne vit rien. Il appela son camarade.

— Hé, reviens ! Il y a quelqu'un dans les aethersca…

Trop tard, le pauvre homme fut percuté de plein fouet par Diyana qui s'était jetée sur lui en utilisant l'un des filins de l'Inattendu comme balançoire. Elle remonta en vitesse sur son vaisseau.

Le deuxième garde accourut et se pencha sur son collègue qui gisait assommé sur le sol. Un sac de lest tomba sur sa tête et il s'écroula. Juste au-dessus, Diyana serra le poing en signe de victoire et largua les amarres, laissant les ballons l'emmener silencieusement dans le ciel avant de mettre en marche les bruyants propulseurs pour mettre le cap au nord.

Foern'k se posait juste sur son perchoir à côté de la barre, il tenait dans son bec l'autre morceau du quartz-espion :

— Ah mon Foern'k, tu as été parfait !

Le Corbeau croassa en retour, curieusement, on aurait dit qu'il comprenait chaque mot.

Voyons voir si on peut apprendre quelque chose d'utile ?

Les morceaux du quartz-espion s'assemblèrent parfaitement et commencèrent à diffuser tout ce qui avait été dit depuis qu'elle avait été forcée de quitter la villa. Ce type de quartz était extrêmement rare et venait du fond des Montagnes de Wassarior.

Les Nains en découvraient de temps en temps et les vendaient pour une vraie fortune.

Diyana tendit l'oreille, la conversation devenait intéressante :

— J'ai un acheteur pour l'Odelune…

— Combien ? répondit la voix de Joran.

— Un million de Drasks la fiole.

— Qui peut payer un tel prix ?

— J'ai pas posé de question.

— Qui ?

— Je sais pas…

— Nous devons être très prudents, car cette Odelune peut nous rendre riche ou bien nous détruire si l'acheteur sait s'en servir.

— Un million de Drasks Papa ! Un putain de million de Drasks par fiole ! La dernière fois que je les ai comptés à l'entrepôt on en avait au moins vingt qu-…

— Tais-toi ! Pas de vente ! La discussion est close !

Un long moment de silence passa avant que la discussion ne reprenne, cette fois-ci à propos des filles autour de la piscine. Diyana n'écoutait plus que d'une oreille.

Au même instant, une fusée de feu d'artifice rouge sonna l'alarme au-dessus de Port Taïs, qui se trouvait déjà loin derrière. Diyana savait pertinemment que le grand Joran Ghornvil ne lâcherait jamais !

Au petit matin, il crachait furieusement une série d'ordres à son fils aîné, Toscan :

— Cent mille Drasks sur sa tête, tu fais le tour des chasseurs de primes, elle ne doit pas se sentir en sécurité une seule seconde ! Je la veux vivante !

— Je fais préparer mon vaisseau tout de suite Patron, elle est partie vers le nord. Sans équipage, elle ne devrait pas pouvoir aller bien vite.

— Fais attention à elle. Elle est imprévisible et dangereuse ! Ne la sous-estime pas !

— T'en fais pas, on va la capturer rapidement.

— Autre chose mon fils, elle m'a dit hier qu'elle me paierait triple. Soit elle bluffait, soit elle a soulevé quelque chose de gros…

Toscan répondit d'un hochement de tête, puis il embarqua à bord du Contrebandier, fleuron du Cartel.

Pendant ce temps, quelque part au-dessus du Désert du Saragor, l'Inattendu poursuivait son échappée lorsqu'un bruit étrange retentit dans le propulseur tribord. Le vaisseau ralentit et prit du gîte dangereusement. Diyana connaissait les caprices de son aetherscaphe, mais le moment était des plus mal choisi.

Les chasseurs de primes allaient bientôt pulluler dans la zone. Quand l'Inattendu fonctionnait à plein régime, il était imprenable, il n'y avait pas plus rapide et plus maniable sur Horalis.

Il fallait réparer au plus vite :

— Foern'k, prend la barre mon vieux.

Aussi étrange que cela puisse paraître, l'oiseau blanc était capable de garder un cap.

Diyana descendit sur le pont inférieur avec quelques outils en poche, elle se hissa sur les filets aethérostatiques et entreprit de réparer le propulseur. Après plus d'une heure de bricolage, elle redescendit rejoindre Foern'k sur le pont :

— Alors mon vieux, au nord rien de nouveau ?

L'oiseau se retourna dans la direction opposée pour indiquer la poupe avec son bec.

À l'aide de sa longue vue, Diyana vit plusieurs aetherscaphes lancés à sa poursuite, et reconnu celui de Toscan.

Elle remit en marche le propulseur défectueux qui dans un grondement atroce se remis à cracher sa pleine puissance. Les petits points à l'horizon disparurent, ça avait fonctionné.

Les falaises de la Vallée Sanguine se dessinaient lentement derrière les Dunes. Mais l'espoir fut de courte durée, le même moteur s'arrêta brutalement dans un brouhaha de bouillie mécanique, cette fois-ci, elle devait faire une escale dans un aethérodock pour trouver des pièces.

Foern'k se mit à croasser avec énergie en agitant ses ailes, il volait devant la proue en éclaireur et faisait signe à Diyana de s'engager dans la Vallée Sanguine.

— Tu es fou mon pauvre, répliqua-t-elle.

Mais Foern'k insistait comme si leurs vies en dépendaient. En y réfléchissant, c'était à peu près la seule option qui s'offrait à Diyana.

Personne n'oserait s'aventurer au-dessus de la Vallée Sanguine à cause de ses mystères et des dangereuses créatures qui y vivaient. Il était fréquent de croiser des scolopendres d'une trentaine de pieds ou des scarabées à une corne de plus de dix livres, si maladroits en vol qu'ils perçaient souvent les ballons, même à travers les filets aethérostatiques.

Les rivières de lave dégageaient une grande chaleur qui créaient de traîtres courants ascendants et descendants, ce qui rendait la navigation périlleuse et risquait l'intégrité des vaisseaux. Mais Foern'k ouvrait la voie.

Même si Diyana était une aethéronaute de grande classe, l'instinct du corbeau restait la valeur la plus sûre. Elle dirigea son aetherscaphe plus bas dans la vallée, sous le niveau du désert au plus proche du sol, la température devenait suffocante.

Les anciens racontaient qu'il fut un temps, bien avant l'Imperium, les dragons vivaient dans cette Vallée, et s'abreuvaient du sang d'Horalis.

Certains passeurs du Pont des Mille Ballons, qui reliait les deux cotés du canyon, rapportaient qu'à la nuit tombée, ils entendaient des ronflements de dragon.

Diyana le savait mieux que personne, son père était l'homme fort du trafic d'écailles de dragons. Ce négoce était aussi lucratif que dangereux, surtout lorsqu'il s'agissait de se procurer la matière première. Si dangereux qu'un seul homme pouvait se targuer d'avoir survécu à plus d'un voyage dans la Vallée Sanguine, cet homme était Kharl Koriana, le père de Diyana.

Cela faisait des années qu'il avait disparu, du jour au lendemain, ne laissant à sa fille que l'Inattendu, Foern'k, les deux fragments d'un quartz espion et un casque. Elle sortit de ses pensées et fonça plein nord pour échapper à ses poursuivants qui prendraient sûrement autant de risques pour s'octroyer la prime de sa capture. De plus, le jeune

Toscan avait à cœur de prouver sa valeur, pour prendre un jour la place de son père à la tête du Cartel.

5

Les Saules du Gyhr

Lorsque Edhelja ouvrit les yeux, il venait de heurter le sol la tête la première.

— Tu as fait un cauchemar mon p'tit loup ? se moqua Aenore.

— Haha, très drôle ! Aide-moi à remonter plutôt, je vais prendre la relève.

Il attrapa la main qu'elle lui tendit.

— Alors ? demanda-t-elle.

— Hein ?

— À quoi tu rêves pour tomber comme ça ?

— Un escalier sans fin.

— Mmh intéressant.

— Tu sais interpréter les songes ?

— Ça dépend, raconte-moi ce qui se passe dans ton rêve.

— Je dois absolument atteindre un lieu mystérieux en hauteur, mais le seul chemin est un long escalier en colimaçon. Quand je monte, les marches s'écroulent derrière moi et les marches devant moi sont de plus en plus étroites et instables. Puis, je regarde en bas et je commence à avoir le vertige car je suis déjà très haut. Il y a de plus en plus de marches manquantes et je dois les enjamber, mais je n'ai plus de force, je saute trop court, je tombe et je me réveille.

— Mmh, très intéressant.

— Quoi ? Qu'est-ce que ça veut dire ?

— L'escalier symbolise ta destinée, les marches manquantes représentent les obstacles qui se présenteront sur ton chemin. Tu manques de force car tu n'as pas encore les ressources nécessaires pour accomplir ton destin. Pour moi, ça veut dire que tu dois acquérir de nouvelles compétences si tu veux avoir la force de sauter les marches manquantes…

Edhelja prit les rênes de la monture et le reste du trajet se déroula sans problème, il songea aux paroles d'Aenore pendant qu'elle dormait. À l'aube, ils arrivèrent en vue de la Porte du Gyhr :

— Nous allons continuer à pied vers le nord, fit-elle.

— Et le Stéostoon ?

— Laisse-le continuer son chemin seul, d'ici qu'ils s'aperçoivent que nous ne sommes plus dessus, nous serons déjà loin.

Ils marchèrent toute la journée pour faire un détour suffisamment grand.

Ils se camouflèrent des aetherscaphes qui sillonnaient les airs à l'aide du sort de discrétion d'Aenore, et arrivèrent enfin à la lisière de la forêt :

— Ce lieu est très étrange Edhel, tes sens et tes croyances seront mis à rude épreuve.

— Ah ? Qu'est-ce qu'elle a de plus qu'une forêt normale ?

— Tu le verras bien assez tôt, fit-elle en souriant.

En passant la lisière, ils entrèrent dans un autre monde, le sol était recouvert d'une épaisse mousse poussant sur une tourbe meuble qui donnait l'impression de rebondir à chaque pas, mais sans le moindre bruit.

Aenore ouvrait la voie.

Elle effleurait le sol de son incroyable grâce et légèreté, n'imprimant qu'à peine ses empreintes.

Les rayons du soleil couchant perçaient l'épaisse toiture de feuilles, tel des sabres de lumière tranchant la pénombre.

Un lichen abondant rampait entre les branches et créaient une atmosphère mystique propice à l'imagination, amplifiée par les cris d'oiseaux étranges, le bruit du vent dans les feuilles et les craquements angoissants qui venaient de toutes parts.

Edhelja ressentait un curieux mélange d'excitation et d'anxiété dans cet univers inconnu.

D'un côté, son nouvel instinct, plutôt animal, se délectait de cette nature brute, mais ses pensées le poussaient à la prudence.

Il sentait sur son visage les fils des toiles d'araignées qu'il rompait dans sa progression. Il s'arrêta pour contempler le petit animal à l'œuvre en train de tisser son piège.

Les tisserands d'Antoppe seraient beaucoup plus rapides avec huit pattes...

Quelques instants plus tard, la nuit tombait et le manque de lumière rendait la progression plus difficile :

— Nous allons camper, peut-être que tu vas pouvoir me dire ce qui te tracasse, tu ne m'as pas adressé un mot depuis hier, demanda Aenore.

— Rien, répondit Edhelja.

— Je sais qu'il y a quelque chose... dis-moi !

— À la gare, j'ai croisé mon voisin. Lui et sa famille ont quitté les Pentes car les Nettoyeurs occupent le quartier. Son père lui disait que c'était de ma faute… il a raison, rien de tout cela ne serait arrivé si je ne t'avais pas aidé.

— Et je serais sans doute déjà morte…

— C'est vrai. Mais Mima serait encore en vie.

— Tu ne pouvais pas savoir Edhel. Tu as fait ce qu'il te paraissait juste.

— Mais je te connais à peine Aenore.

— Qu'est-ce que tu veux savoir ?

— C'est pas vraiment comme ça que ça marche...

— J'ai grandi dans la Résistance, ma mère est Eliznor Dorell, générale en chef de la Résistance, mon père Eär Dorell—

— Eheurr ? C'est quoi ce prénom ?

— Eär. C'est typiquement Elfique !

— Ah, ça sonne un peu bizarre non ?

— Pour un humain oui, mais toi tu as du sang elfique.

— Pardon ?

— Tu es à moitié Elfe. Les Druides sont le fruit de parents mixtes, Elfe et Humain.

— Donc mon père est un Elfe ? C'est donc pour ça qu'il nous a lâchement abandonné.

— Je pense que c'est plus compliqué que ça Edhel. J'imagine que ton père a voulu te cacher car à cette époque les Druides étaient systématiquement traqués et éliminés.

Edhelja se tut quelques instants. Cette découverte sur son passé soulevait de nouvelles questions. Mima était-elle au courant ? Pourquoi lui aurait-elle dissimulé sa véritable origine ? Lui avait-elle menti toute sa vie ?

— Sais-tu qui est mon père ? demanda-t-il.

— Malheureusement, je n'en ai aucune idée.

Edhelja se sentait seul, personne ne pouvait vraiment le comprendre ou l'aider. Mais il fallait continuer et l'Elfe était une compagne de voyage bien utile. Au fond de lui, il se sentait bien avec Aenore, sa présence le rassurait.

Il s'allongea, exténué.

Des lucioles voletaient en grand nombre et émettaient de courts flashs de lumière verte comme des petits gribouillis dans l'obscurité.

— Ce sont des Drogènes, dit Aenore, on dit que leur ballet apaise le cœur et l'esprit.

— Ça tombe bien.

Ils s'endormirent paisiblement.

Ouah, ouah, ouah… Silence… Hein quoi ? Des chiens… Vite debout !

— Aenore, debout, faut qu'on se casse, des chiens, ils nous ont retrouvés.

Trop tard, les canidés étaient déjà sur leur trace et ils s'approchaient en courant à toute vitesse. Edhelja et Aenore se levèrent à la hâte et prirent la fuite mais les chiens gagnaient inexorablement du terrain.

Le jeune Druide trébucha sur une racine à cause de l'obscurité et dégringola dans un ravin en contrebas.

Les bêtes se précipitèrent sur lui.

— Invoque ton Totem, cria Aenore qui observait la scène depuis le haut de la butte.

Les aboiements couvraient sa voix, elle insista :

— Ton totem, hurla-t-elle en utilisant un sort d'amplification de voix.

Edhelja se trouva vite acculé dans une impasse au fond du ravin. Malgré le brouhaha des aboiements, il perçut les paroles d'Aenore.

Il fallait agir maintenant, car leurs maîtres seraient là d'une minute à l'autre :

Mon Totem, mon Totem ? De quoi elle parle ?

Il était pris au piège, les chiens le harcelaient en faisant claquer leurs mâchoires pour qu'il reste immobile, ils étaient dressés pour intercepter les fugitifs. Il ne voulait pas utiliser l'Odelune à cause de sa récente expérience.

Soudain, Edhelja sentit dans sa chair toute l'énergie canine qui vibrait autour de lui.

Mon Totem, je crois comprendre…

Son corps se mit à changer.

Des poils poussaient sur ses mains et ses avants bras. Ses ongles se transformèrent en griffes. Il posa ses membres antérieurs sur le sol, la position à quatre pattes était plus adaptée à la nouvelle forme de son corps.

Son flair se décupla. Il captait de nouvelles informations. Il sut immédiatement qu'il y avait deux femelles et trois mâles autour de lui. À quelques centaines de pieds, une forte odeur de transpiration humaine lui envahit les naseaux. Il souffla pour nettoyer son nez, puis un parfum beaucoup plus discret lui parvint, il reconnut celui d'Aenore.

Son ouïe s'affina, il pouvait maintenant discerner les voix des hommes parmi le brouhaha des aboiements.

Sa vision s'adapta à la faible lumière et s'appauvrit en couleur, mais devenait très sensible aux moindres mouvements. Il percevait visuellement la chaleur des corps des chiens qui contrastait avec la fraîcheur de la forêt. Au loin, quelques points lumineux trahissaient la présence des hommes.

Il se jeta d'instinct sur le chef de meute qui se leva sur ses pattes arrières pour parer l'attaque. Les deux bêtes basculèrent, roulèrent sur le sol et se relevèrent aussitôt pour se faire face en montrant les crocs.

Edhelja lança la première attaque, il fit claquer sa mâchoire près de l'oreille de son adversaire qui esquiva par un rapide mouvement en arrière. Dans le même élan, le Druide loup en profita pour faire basculer le chien sur le dos. De son poids, il le força dans cette position et enserra les crocs sur sa gorge.

Le code canin était clair et simple, le chien reconnut son nouveau maître et couina en signe de soumission. Les autres suivirent le même exemple et se dispersèrent rapidement vers d'autres occupations.

Edhelja relâcha alors sa prise et bondit rejoindre Aenore. Il ne croyait pas ce qu'il lui arrivait.

Je suis un Loup… incroyable !

— Aenore, Aenore! C'est pas dingue ça ? fit-il enthousiaste en reprenant forme humaine.

— Impressionnant Edhel, tu apprends vite. On doit continuer, ils ne vont pas nous lâcher si facilement.

— Tu sais monter à cheval ?

L'Elfe acquiesça.

Edhelja se transforma de nouveau, il avait une sacrée allure dans sa nouvelle peau. Aenore passa la main dans sa fourrure grise et le caressa derrière les oreilles. Elle plongea ses yeux dans les siens, deux pupilles noires serties d'un anneau doré.

— T'es beau tu sais, fit-elle.

Elle monta sur son dos. Il la porta sans effort et se mit à courir à vive allure.

Elle le fit marcher dans le lit d'une rivière pour dissimuler leur piste et se débarrasser de leurs poursuivants.

Quelques heures plus tard, ils avaient semé les soldats, il reprit alors sa forme humaine. Ils s'étaient enfoncés si profondément dans la forêt qu'ils en touchaient à présent le cœur.

Il n'avait jamais vu d'arbres comme ceux qui se trouvaient devant ses yeux. Ils s'arrêtèrent pour les contempler. Son regard s'attarda sur le plus monumental d'entre eux.

Un tronc se dressait avec force au milieu d'un réseau de racines hautes comme un homme. Solidement ancrée dans la Terre Mère, ce colosse était si large qu'il aurait fallu au moins deux douzaines de personnes pour en faire le tour. Plus loin, ses racines s'enfonçaient en profondeur dans le sol pour puiser son énergie.

Quelques points de mousse verte et fine contrastaient avec la couleur marron grise de l'écorce.

Cinq branches principales partaient du tronc et soutenaient une coiffe de longs rameaux minces et flexibles qui filaient vers le ciel et redescendaient avec une courbe harmonieuse.

Deux écureuils se chamaillaient pour une pomme de pain et disparurent dans les feuilles effilées et denses.

Edhelja sentit une goutte sur le front. Il leva les yeux au ciel, pas le moindre nuage.

— D'où ça vient ?

— Les Saules Pleureurs du Gyhr, fit Aenore.

— Hein ?

— Des perles de sève gouttent en permanence de leurs branches. Lorsque les Sept Lunes d'Horalis s'alignent dans le ciel, ces perles s'illuminent et deviennent magiques. C'est l'Odelune sacrée. Pendant des siècles, les Druides récoltèrent ce précieux nectar dans des petites fioles.

— Quand est-ce que les Lunes s'alignent de nouveau ?

— On sait que ce sera très bientôt, mais personne ne sait exactement quand. Cela n'arrive qu'une fois par génération, tous les vingt-trois ans. Autrefois les Druides possédaient des compas qui mesuraient le mouvement des Sept Lunes pour donner précisément la date de la récolte, mais ces outils ont tous été confisqués ou détruit par l'Imperium.

— Pourquoi on utilise pas ce pouvoir pour combattre Drakaric ?

— On le fait ! Mais l'Imperium possède la grande majorité des dernières récoltes. Lors de la précédente Adakwi Loukno, à la suite de temps difficiles, une guerre ravagea Horalis. Drakaric accusa les Druides d'être responsable de la famine. Avec l'appui d'une majorité du peuple et de ses Dreades, il s'empara des récoltes d'Odelune et poussa les Druides à la défaite. Les malheureux qui survécurent furent ensuite traqués et éliminés méthodiquement. Aujourd'hui les Druides ont complètement disparu.

Mima voulait me protéger…

Une puissante rage bouillonnait en lui, au point que son tatouage prit une couleur rouge.

Il se sentait impuissant et voulait tellement faire quelque chose maintenant pour combattre cette injustice.

— Personne n'a rien fait pour stopper Drakaric ou quoi ? s'énerva-t-il.

— Je t'interdis de croire ça une seule seconde Edhel ! Des milliers de gens ont donné leur vie pour combattre ce régime.

Il comprit dans les yeux de l'Elfe qu'il avait sans doute exagéré un peu.

— Les Sept Dreades sont si puissants, dit Aenore avec désespoir.

— Pourtant celui qu'on a croisé ne m'a pas paru si difficile à combattre.

— Tu as eu une chance inouïe, tu ne l'as pas battu, tu l'as juste surpris et il est grand temps que tu apprennes à être un peu plus humble.

— Humble de quoi, c'est pas avec l'humilité qu'on gagne une guerre et crois-moi, on les aura tous, un par un, je te le promets !

— J'admire ton optimisme, mais ça fait un quart de siècle que nous combattons l'Imperium et plus le temps passe, plus nos forces s'amenuisent.

— Il vous faut un vrai guerrier, fit-il en se tapant le poing sur la poitrine.

— C'est pas drôle Edhel. Faut vraiment que quelqu'un t'enseigne la modestie.

Aenore enchaîna à la vitesse de l'éclair avec un judicieux croche-patte qui le fit s'étaler par terre, elle sortit sa dague et la glissa sous sa gorge.

Il ne pouvait absolument plus bouger.

— Okay, tu m'as pris par surprise aussi, laisse-moi me relever, fit Edhelja pour couvrir son embarras.

— Parce que tu penses que nos ennemis nous envoient des perroquets messagers pour nous prévenir ? Chers ennemis, sans vouloir vous déranger bien-sûr, tenez-vous prêts, nous allons vous attaquer à l'aube, bien respectueusement...

— Euh, non, dit-il déconcerté.

— Alors arrête ton numéro de gros bras ! À partir d'aujourd'hui, entraînement au combat tous les jours ! Première leçon, H.U.M.I.L.I.T.É.

Edhelja acquiesça des yeux, tout en regardant bêtement autour de lui si personne n'avait été témoin de son embarras.

Ils se remirent en marche entre forêt et basse montagne, souffrant d'une avancée plutôt lente due à la difficulté du terrain.

Chaque matin Edhelja recevait sa nouvelle leçon. Il montrait des capacités très prometteuses mais devait rattraper une vie d'entraînement au combat en quelques semaines.

L'immensité de la forêt leur offrait un peu de répit avec les recherches de l'Imperium. Les aetherscaphes avaient beau survoler la zone en permanence, le paysage vu du ciel ne changeait guère.

Une nuit, Edhelja se réveilla en sursaut après avoir revécu le même rêve de l'escalier. Un point lumineux vert volait devant ses yeux.

Il ne retrouvait jamais le sommeil après ce rêve, il décida donc de suivre l'étrange créature. À mesure qu'il avançait, d'autres Drogènes apparaissaient et semblaient converger vers le même point.

Son Totem prit une forme aethérique et marchait à ses côtés, il le toucha mais sa main passa au travers sans la moindre résistance.

Il continua jusqu'à un petit ruisseau d'où émanait la même lumière verte. Plus en amont, le cliquetis d'une chute d'eau attira son attention.

Une forme verte vaguement humaine se tenait sur un rocher au milieu du ruisseau, debout les bras le long du corps. Elle était nue, chauve et semblait méditer. Un essaim de Drogènes verts traversait son corps éthérique et formait des cercles autour d'elle.

— Edhelja, coeur noble, louveteau Druide, grand destin, fit-elle avec une voix envoûtante.

— Qui, qui… qui êtes-vous ? bégaya-t-il.

— Güphyn, Drogènes, cellules, esprit.

Elle regardait au-dessus du jeune Druide, elle s'adressait directement à son âme. Puis, elle souffla sur sa main comme si elle lui envoyait un baiser. Un Drogène s'approcha et se posa sur le nez d'Edhelja.

— Ton œuvre commence Louveteau. Mais tu dois d'abord m'oublier.

Elle referma la main et disparut. Le Drogène explosa en une fine poussière luminescente qu'il inspira et tout disparut.

Edhelja releva la tête en se demandant ce qu'il faisait là, debout au milieu de la forêt en pleine nuit. Il se transforma en loup et retrouva Aenore grâce à son flair.

Il leur fallut une quinzaine de jours pour traverser la dense forêt. Ils n'avaient mangé que des plantes, des baies et des champignons depuis leur fuite en Stéostoon. En bonne Neitis, Aenore savait reconnaître les comestibles et les vénéneux.

Un matin, ils arrivèrent enfin à la lisière orientale de la forêt du Gyhr. Les falaises de la Vallée Sanguine s'ouvraient à l'infini devant leurs yeux.

Edhelja s'arrêta pour observer une construction étrange au sud, il y avait comme une ligne de ballons flottants dans les airs à perte de vue.

— C'est le Pont des Mille Ballons, dit Aenore.

— Les ballons d'air chaud portent le pont, comme les aetherscaphes ?

— Oui, c'est le même principe, les rivières de lave produisent la chaleur qui est exploitée pour soutenir le poids des cordages et des lattes de bois. Mais la différence de chaleur est trop faible durant la journée pour générer une portance suffisante. Les passants doivent attendre la nuit, quand il fait plus frais, pour emprunter le pont.

Les yeux d'Edhelja scintillaient d'admiration devant cet ouvrage titanesque, produit du génie humain. Une myriade d'innovations avait vu le jour durant les dernières décennies. La nécessité étant mère de l'invention, de l'absence de magie naquit l'industrie.

À peine avaient-ils eu le temps d'admirer le paysage qu'Aenore montra du doigt un groupe de petits points au-dessus de l'horizon. Plusieurs vedettes de reconnaissance estampillées de la croix de l'Imperium patrouillaient dans le ciel, sans aucun doute à leur recherche. La nouvelle qu'un jeune druide était encore en vie avait dû arriver aux oreilles de l'Empereur pour justifier un tel déploiement.

Aenore et Edhelja gravissaient un sentier à flanc de montagne en haut duquel un personnage étrange semblait les attendre.

6

La Vieille Capitale

Un vieil homme était appuyé sur son bâton et observait tranquillement Edhelja et Aenore venir à lui. Il portait une blouse claire brodée de plusieurs couleurs, et quelques bracelets assortis. Son crâne impeccablement rasé faisait ressortir sa courte barbe blanche bien entretenue, ce qui lui donnait un look plutôt élégant avec un sourire authentique sur une parfaite rangée de dents bien blanches.

— Chers voyageurs bienvenue. En quoi puis-je vous aider ? demanda-t-il.

— C'est très aimable à vous cher monsieur, mais nous n'avons pas besoin d'aide, répondit Edhelja.

— Je vois, où allez-vous au juste ?

Edhelja prit Aenore à part et lui chuchota :

— Qui c'est ce type ?

— Aucune idée. Il n'a pas l'air bien méchant, on dirait un vieillard solitaire qui cherche un peu de compagnie.

— T'as raison et il ne paraît pas bien dangereux non plus.

— Reste sur tes gardes quand même Edhel.

— Nous allons à Sybae, dit alors Edhelja au vieil homme, connaissez-vous le chemin ?

— Sybae hein ? Très intéressant et peu commun. Que comptez-vous faire là-bas ?

— C'est personnel, peux-tu nous y conduire ?

— Je connais un chemin pour se protéger des dragons de bois.

Edhelja chuchotait à Aenore :

— Les dragons de bois ? Il a l'air un peu perché.

— Quels dragons de bois ? demanda Aenore au vieil homme.

— Ces vilaines machines volantes fit-il en pointant du doigt les vedettes sillonnant les cieux.

— Bon point, il n'a pas l'air très copain avec l'Imperium, il est un peu bizarre mais je pense qu'on peut le suivre, chuchota Aenore au creux de son oreille.

— Venez, venez, insistait le vieil homme qui se tenait étonnamment droit pour son âge.

Aenore et Edhelja décidèrent de l'accompagner le long d'un étroit sentier abrupt qui grimpait vers les cimes enneigées de ces géantes de pierre.

— Vite, nous devons atteindre la grotte avant la nuit, reprit-il.

Pendant ce temps, à quelques lieues de là, plusieurs milliers de pieds dans les airs, un œil scrutait le ciel derrière sa longue vue télescopique.

— Du mouvement à dix heures, trois individus marchent vers le nord, fit l'un des reconnaisseurs.

— Cap 3.0.0 toute, propulseurs à pleine puissance nous devons leur tomber dessus avant la nuit, ordonna le Dreade Ushumor qui rêvait de prendre sa revanche sur le jeune druide.

Les propulseurs crachaient leur pleine puissance dans un grondement sourd et le vaisseau prenait de la vitesse. Après une heure en ligne droite, la vedette arrivait à hauteur des trois individus.

— Tenez-vous prêts à ouvrir le feu, à mon commandement visez en amont de leur position pour leur barrer la route, je veux m'occuper personnellement de leur cas, fit Ushumor.

Les membres de l'équipage parlaient beaucoup de la défaite qu'avait subi leur Dreade en chef il y a quelques semaines dans les grandes plaines.

Edhelja avait ouvert sans le savoir une brèche dans l'esprit des habitants de l'Imperium, les Dreades n'étaient plus invincibles, ils pouvaient être mis en danger, voire même battus.

L'Imperium ne pouvait laisser une telle croyance se répandre. Par effet d'amplification, le bruit courait maintenant que le jeune Druide n'avait eu qu'à claquer un doigt pour assommer Ushumor et sa fuite à dos de Stéostoon était déjà rendue au stade de légende.

Edhelja ne s'en rendait pas encore compte, mais ce simple combat contre Ushumor avait déclenché une étincelle d'espoir de changement dans le cœur de beaucoup d'Hommes.

Pour prouver son pouvoir suprême et couper court à toutes velléités de révolte du peuple, l'Imperium avait mandaté Ushumor pour capturer son faiseur de trouble dans le but de l'exécuter publiquement et faire cesser une bonne fois pour toutes ce vent de liberté qui s'était mis à souffler dangereusement.

— Feu !

Une pluie d'explosions frappa le versant sud de la Montagne où les trois compagnons d'aventure gravissaient leur sentier, coupant définitivement l'accès à l'entrée principale de la grotte du Montauvin où le vieil homme souhaitait les conduire.

Mais lorsqu'ils se retournèrent pour rebrousser chemin, l'aetherscaphe déposait des troupes de Nettoyeurs avec Ushumor à leur tête.

— Suivez-moi, je connais une entrée secondaire, lâcha l'ancien, étonnamment détendu face à la situation, j'espère que vous n'êtes pas claustrophobes.

Les contours de la porte étaient finement sculptés dans la pierre et recouverts de lettres d'un alphabet que le jeune Druide n'avait jamais vu.

— De l'écriture Naine, remarqua Aenore, ça se rapproche assez de l'écriture Elfique.

— On fera un cours de lettres un autre jour si tu veux bien, maugréa Edhelja sentant la perspective d'un affrontement de plus en plus évidente.

Son sixième sens s'était considérablement développé depuis son séjour dans la Forêt du Gyhr, les poils de son échine se dressaient avant chaque danger.

L'ancien prononça une formule dans une langue inconnue et la porte s'ouvrit, les trois comparses se jetèrent dans le goulet dont l'étroitesse n'autorisait le passage que d'une personne à la fois.

Quelques minutes de marche en effleurant des épaules les bords visqueux en pierre lisse du corridor, suffirent pour déboucher dans une plus grande pièce à peine éclairée par la lumière venant du goulet par lequel ils venaient d'entrer.

Alors qu'ils continuaient de progresser, la faible lueur oscilla :

— Quelqu'un nous suit, observa le vieil homme, continuez, on se cachera plus loin.

— Phot'Oren, invoqua Aenore, et sa main émit un halo lumineux bien utile pour progresser en sécurité sur cette pierre lisse et glissante.

— Éteint ce truc, tu vas nous faire repérer, protesta Edhelja.

— Ils savent déjà que nous sommes à l'intérieur et il n'y a qu'une seule direction. Tu préfères te casser une jambe ? se défendit-elle avec la même verve.

Edhelja grommela dans son coin. L'ancien rigola. Il se retourna et aperçut alors plusieurs lueurs bleu foncé qui les suivaient.

Maudites matraques.

La noblesse du jeune Druide n'avait d'égale que son impulsivité. Alors que la grande salle rétrécissait dans un entonnoir pour continuer dans un autre goulet, il laissa ses compagnons prendre de l'avance, fit volte-face et se dirigea seul vers l'ennemi.

Son tatouage prenait la forme d'un loup montrant les dents.

Apercevant ce revers, les miliciens commencèrent à le mitrailler de leurs boules bleues qui ricochaient toutes sur le bouclier qu'il venait d'invoquer.

Galvanisé par sa défense, il fonçait droit sur le danger prêt à en découdre. Des griffes lumineuses jaillirent de ses poings qu'il abattit violemment sur le visage de son premier adversaire qui s'effondra inconscient sous le choc. Il se baissa pour esquiver la ruade du second, et se releva avec un timing parfait pour faire basculer le malheureux dans la rivière en contrebas. Il aimait le combat, sa vrai nature se dévoilait, le meurtre de sa pauvre grand-mère avait libéré la bête sauvage qui sommeillait en lui.

Soudain, une douleur extrême lui saisit la jambe, l'un des Nettoyeurs venait de le toucher avec sa maudite matraque. La réputation de ces armes était à la hauteur de la douleur qu'elles infligeaient. Ce qui rendit Edhelja encore plus furieux et il tua deux autres hommes sauvagement.

Sa frénésie se dissipa peu à peu lorsqu'une voix qu'il reconnut immédiatement souffla :

— Soma'Stell.

Un jet de lumière violette et noire heurta Edhelja en pleine poitrine. Une sensation étrange le saisit à la gorge, il tenta d'appeler à l'aide mais aucun son ne sortait de sa gorge. Il avait perdu le contrôle de son corps. Il flottait dans les airs, mu par une force invisible qui le paralysait complètement.

— Te voilà enfin ! Le p'tit malin qui veut jouer au Druide, je dois avouer que tu m'as surpris la dernière fois… je pensais que j'avais affaire à un petit résistant. Mais pas deux fois. Ce coup-ci tu viens avec moi.

Le Dreade emmenait Edhelja en le faisant flotter dans les airs, saucissonné par une corde invisible. Plus il se débattait plus l'étreinte devenait forte. Il commençait à manquer d'air.

— L'Empereur est très curieux de faire ta connaissance. Je dois avouer que passer entre les mailles du filet toutes ces années est assez remarquable.

Puis il ajouta :

— Ah j'oubliais… Si tu attends tes amis, je crains qu'ils n'aient continué sans toi, en tout cas je vais m'assurer qu'ils restent où ils sont.

Il mit une main sur sa poitrine et l'autre en direction du second tunnel. Un grand pan de pierre s'effondra dans un fracas assourdissant pour emprisonner Aenore et le vieil homme.

Edhelja se débattit de toutes ses forces mais rien n'y faisait, il était à la merci de ce Dreade et sa jambe lui faisait atrocement mal, comme si plein de petits insectes lui grignotaient les os de l'intérieur. Aenore l'avait pourtant mis en garde, mais il n'avait pas écouté, il s'était cru trop fort.

Voilà ce qu'elle voulait dire par apprendre l'humilité.

Aenore avait raison. C'est de ma faute...

Tout semblait perdu. Mais soudain, un bruit sourd provint du fond de la caverne, des pierres volèrent en éclat et une intense lumière éclaira la gigantesque voûte. Une voix profonde, décuplée par l'écho rompit le silence :

— Ushumor, libère ce jeune homme ou cette crypte deviendra ta tombe.

— Cette voix...? Heskenga, ça fait bien longtemps, marmonna le Dreade en regardant autour de lui pour localiser son vieil ennemi, c'est un grand jour pour l'Imperium, les deux derniers Druides dans la même journée, Drakaric va me nommer Grand Ordonnateur à la place de Nérath !

— Le vieil homme, balbutia Edhelja.

— Nous commencions à croire que le désespoir t'avait poussé au suicide, lança Ushumor avec provocation.

Le Dreade plaqua Edhelja contre le mur et coinça sa jambe entre la falaise et une énorme pierre qu'il déplaça avec une force invisible comme si elle ne pesait pas plus qu'une plume. Un affreux craquement à sa cheville ou son tibia, il ne faisait plus la différence à ce stade, l'assomma de douleur.

Un éclair de lumière jaillit et vint frapper le Dreade de plein fouet, il recula sans être vraiment touché par l'attaque scrutant tout autour de lui pour voir où se situait son adversaire. C'est alors que la lumière s'éteignit, plongeant la salle dans une obscurité totale.

Seul un sifflement aigu troublait le silence par intermittence.

— Besoin d'aide ? chuchota Aenore à l'oreille d'Edhelja.

— Ouais, ma jambe est coincée entre ces pierres, je suis désolé...

— Ok, sors-la dès que tu sens que la pression diminue, Meteor'Kan incanta Aenore.

La pierre s'écarta doucement permettant à Edhelja de s'extirper. Aenore siffla un air extrêmement aigu que le jeune Druide eut peine à discerner, elle l'entraînait avec elle en le soutenant sur son épaule.

La lumière se ralluma et au même instant un pan entier de voûte s'écroula sur le Dreade qui dégringola dans la rivière en contrebas, écrasé sous des tonnes de roches.

— Enfin je te rencontre jeune Druide, quel panache, plaisanta Heskenga mais je me suis laissé dire que tu aurais besoin de quelques cours pour affiner ta technique.

Aenore était furieuse :

— Tu aurais pu te faire capturer Edhel ou pire, tuer, qu'est-ce qui t'as pris ? Tu t'es fait avoir comme un gamin, il t'a épuisé en t'envoyant ses sbires puis s'est joué de toi en un tour de main ! pesta-t-elle.

Le jeune druide était encore sous l'influence narcotique de l'Odelune et son regard parlait pour lui mais il ne répondit rien, et la douleur le tiraillait toujours.

— Quelle quantité d'Odelune nous reste-t-il ? demanda Heskenga, j'ai vidé mes dernières gouttes.

— Juste de quoi le soigner mais pas de nous éclairer, répondit Aenore.

— Je crois qu'il m'en reste suffisamment, lança Edhelja.

Heskenga prit l'odelunier et le regarda attentivement :

— Cela fait bien longtemps que je n'avais pas vu cet odelunier, il appartenait à Ekforn—

— Ekforn ? coupa Aenore, c'est incroyable !

— C'est qui Ekforn ? demanda Edhelja.

— Trois fois rien, juste le plus grand Druide de tous les temps, jubila Aenore.

— Ekforn était un ami proche. Je suis ravi de voir que son odelunier ait trouvé un nouveau porteur, ce talisman a toujours été impliqué dans de grandes choses ! Nous devons continuer et désolé mon grand mais le tien est vide aussi et nous devons garder de l'Odelune pour nous éclairer.

— Quoi ? Vous pouvez me soigner quand même ? paniqua Edhelja.

—À moitié pour économiser de l'Odelune. Je vais ressouder ton os pour que tu puisses marcher, mais la douleur va persister pendant plusieurs jours. Tu n'es pas prêt d'oublier ton premier raid en solitaire… Yaom'Ess.

La plaisanterie du vieil homme était de bonne guerre, le ressoudage des os fut atrocement douloureux mais rapide. Ils reprirent leur route.

— Phot'Oren, invoqua Aenore.

La douleur tiraillait Edhelja. Il mettait tout son courage pour souffrir en silence, sachant pertinemment qu'Aenore ne raterait pas une occasion de lui rappeler son erreur.

Derrière eux, une forme discrète se détacha du mur de la grotte et les suivait à bonne distance. Scarlarine de Trislor s'était immiscée dans la plus grande discrétion, invisible comme un caméléon, et pouvait ainsi écouter à sa guise toutes les conversations.

Le sentier taillé dans la pierre blanche se dessinait dans l'obscurité grâce à la lumière d'Aenore. Les milliers de chaussures qui avaient arpenté ce chemin à travers les siècles avaient rendu la pierre très lisse et imposaient la prudence.

Le sentier les emmenait à travers d'étroits goulets pour ensuite déboucher dans une suite de salles naturelles chacune différente.

L'une d'elles était transpercée de cristaux blancs translucides en formant un labyrinthe de ponts naturels.

Une autre caverne accueillait un lac souterrain si étendu que la rive opposée n'était pas visible. Des gouttes d'eau tombaient de l'immense voûte et résonnaient avec écho laissant à l'imagination la liberté d'apprécier l'immensité de la grotte.

— Jusqu'où s'étendent ces tunnels ? demanda le jeune estropié.

— Nous les utilisions autrefois pour quitter secrètement Sybae, ils s'étalent de la forêt du Gyhr jusqu'au massif de Wassarior, certains d'entre eux débouchent dans la Vallée Sanguine directement dans les grottes de dragons, expliqua Heskenga.

— Des dragons ?

— Oui jeune homme, jadis les Druides les montaient pour se déplacer et maintenir la paix entre les peuples d'Horalis.

— Fascinant, dit-il, s'imaginant en train d'admirer le monde depuis les airs, pourquoi ont-ils disparu ?

— Ils n'ont pas disparu, ils hibernent ! affirma le vieil homme.

— Pourquoi ?

— Les Dragons ont besoin de beaucoup d'Odelune pour vivre, il y a vingt-cinq ans, lors de la pénurie, les Druides ont dû leur couper les vivres. Nous pensions pouvoir les réveiller après l'Adakwi Loukno. Mais les choses ne se sont pas déroulées ainsi.

— Qu'est-ce qui a créé la pénurie d'Odelune ?

— Drakaric. Et dans un autre sens, nous-mêmes, les Druides… Ekforn était notre leader et Drakaric avait été son apprenti. L'élève dépassait le maître en tout point, sauf pour l'obéissance. Il était attiré par la puissance, la force et le pouvoir. Qu'importe ce qu'en pensaient ses pairs, il rêvait de grandeur. Lorsque nous avons compris que Drakaric faisait des expériences sur les hommes en manipulant l'Odelune noire au sud de l'Île Bonneterre, Ekforn s'y rendit en personne dans l'espoir de raisonner son ancien apprenti. Ce fut la dernière fois que je le vis. Personne ne sut ce qu'il se passa mais Drakaric perdit ses pouvoirs magiques de Druide et Ekforn disparut, personne ne le revit. Nous avons alors facilement retrouvé Drakaric et l'avons jeté en prison. À cette époque, Nérath était mon apprenti. Pour une raison que j'ignore, il le visita fréquemment. Drakaric gagna en influence sur lui et plus je tentais de le ramener de notre côté plus il se rapprochait de son nouveau mentor. Ce dernier le convainquit de partir sur l'Île Kraa'Terra avec la mission suprême de maîtriser la magie de l'Odelune noire ou de ne jamais revenir. Je le combattis ce soir-là, il perdit sa main droite dans la bataille. Nérath disparut ensuite pendant plusieurs mois sans laisser de traces, mais quand il revint il n'était plus le même. Il était devenu un Dreade et maniait l'Odelune noire. Après ce moment-là, le rapport de force commença à balancer en faveur de Drakaric. L'Odelune noire offrait à Nérath une puissance jusque-là inconnue. Les Druides qui s'opposèrent tombèrent un par un. Certains furent attirés par ce nouveau pouvoir ; six rejoignirent Nérath pour devenir des Dreades. Les autres furent exterminés. Drakaric fut libéré et aussi étonnant que cela puisse paraître, Nérath conservait une loyauté sans faille envers son nouveau Maître. Avec à son service le Dreade le plus puissant et le plus craint d'Horalis, il put ainsi entamer la construction de son rêve de grandeur, l'Imperium. Nous avons utilisé toute l'Odelune que nous avions à disposition pour combattre Nérath mais sans succès. Voilà pourquoi l'Odelune est venue à manquer.

— Alors les Dreades sont des Druides ?

— Des Druides qui utilisent l'Odelune noire pour la magie oui. Méfie-toi de leur pouvoir.

L'ancienne Capitale des Druides se situait à plusieurs jours de marche.

— Nous devons rejoindre Sybae pour que tu sois officiellement intronisé Druide. Horalis doit reconnaître ses défenseurs. Mais aujourd'hui on va se détendre un peu, dit-il avec un charisme naturel.

Ils arrivèrent dans une gigantesque salle, soutenue par d'énormes piliers sculptés, régulièrement placés d'un bout à l'autre.

Plusieurs bassins à différents niveaux se déversaient les uns dans les autres et couvraient une grande partie du sol de la grotte. Quelques puits de lumière descendaient de la voûte révélant la beauté brute du lieu.

Les eaux d'une grande pureté coulaient dans les toboggans naturels sculptés par une accumulation de calcaire finement poli, ce qui offrait un terrain de jeu idéal et complètement insoupçonné en ces lieux.

Edhelja ne souffrait pratiquement plus de sa blessure et n'avait pas eu l'occasion de se divertir depuis bien longtemps. Il s'élança tête en avant dans le premier toboggan, se jurant qu'il les essaierait tous.

Malgré un caractère plus sérieux, Aenore se prit également au jeu.

Ils avaient besoin de ce moment de détente, ils riaient et s'éclaboussaient avec tant de joie.

Heskenga les observait avec bienveillance et essaya même quelques toboggans.

La fête fut interrompue par un couple de personnages d'allure peu commune. Tous deux étaient de taille plutôt petite, environ les deux tiers d'un homme adulte.

Edhelja les observait avec une curiosité un peu trop insistante.

— Ne les regarde pas comme ça, tu vas les vexer, fit Aenore, t'as jamais vu de Nains ou quoi ?

— Euh… non.

Les mains de l'homme aussi bien que celles de sa femme étaient couvertes de petites blessures et de corne. Ces gens travaillaient dur de leurs mains.

— Nom d'un pic ! Qui vient rompre le silence de ma caverne ? menaça celui qui portait une barbe.

— Du calme vieux fou, tu ne reconnais plus ton vieil ami ? fit Heskenga.

Le petit homme éclata de rire et ils se donnèrent l'accolade.

— Voici Bedoïk et Gamnabelle Brodhax, ils furent jadis les bâtisseurs de cet incroyable parc aquatique.

— Chers visiteurs, bienvenue dans l'Abîme de Gamnabelle, baptisé ainsi en l'hommage de ma charmante femme, répondit fièrement Bedoïk dont les petits yeux pétillaient derrière sa barbe.

Après ces quelques heures de détente, il était déjà temps de reprendre la route. Ils traversèrent quelques boyaux et débouchèrent enfin à l'extérieur à quelques milles à peine de Sybae.

Devant leurs yeux s'élevait la géante Tour du Nord qui fut construite pour surveiller la Capitale des Druides. Haute, noire et lugubre elle défigurait la beauté d'un paysage qui accueillait autrefois le centre culturel des civilisations d'Horalis.

Ils passèrent les portes de la ville, enfin plus exactement de ses ruines. Malgré le délabrement avancé de nombreux édifices, la cité conservait son âme. L'architecture était ancienne et mêlait la pierre, le bois et de nombreuses structures en fer forgé.

Plusieurs chênes, platanes et autres frênes jalonnaient les différentes rues. Un curieux arbre, différent des autres par sa taille et la couleur cuivrée de son écorce trônait au milieu de la place centrale. À la base de son tronc, une large fissure permettait d'y entrer aisément :

— L'arbre des Druides, indiqua Heskenga, nous devons procéder à la cérémonie rapidement.

— De quoi parle-t-il ? demanda Edhelja à Aenore.

— La cérémonie d'intronisation, tu dois prêter serment auprès d'Horalis.

— Cet arbre n'a pas l'air bien en forme, il n'a qu'une feuille, remarqua le jeune druide.

— Oui, et il en aura bientôt deux, répondit Heskenga avec un sourire rayonnant.

Ils entrèrent tous les trois à l'intérieur du tronc :

— La cérémonie exige la présence d'un témoin, Aenore veux-tu bien remplir cette mission ?

Edhelja devait poser la main droite dans une empreinte sculptée sur une plaquette en bois.

Lorsque sa main toucha la tablette, le bois se mua comme par magie pour en épouser parfaitement la forme, comme si l'arbre des Druides reconnaissait ses fils.

Émerveillé, Edhelja répéta les paroles d'Heskenga :

— Moi, Edhelja Ar Gowig, jure solennellement de servir en mon âme et conscience la Terre Mère Horalis et ses Sept Lunes, je jure de n'utiliser son fruit le plus pur, l'Odelune, que pour la prospérité et l'entente de tous ses peuples. Mon devoir le plus sacré est de transmettre cet honneur aux plus jeunes générations de Druides et de ne jamais laisser la dernière feuille de l'arbre faner.

Heskenga sortit pour observer les effets.

— Ce n'est pas normal, dit-il, un bourgeon aurait dû éclore.

Heskenga se tapa sur le front, il venait de comprendre.

— Le nom de famille que tu portes est celui de ta grand-mère. Nous avons besoin de ta véritable ascendance. Je suis désolé, je ne voulais pas que tu l'apprennes comme ça, mais ton vrai nom…

Soudain, un aetherscaphe apparut de nulle-part, comme s'il avait toujours été là mais dissimulé derrière un bouclier invisible.

Edhelja reconnut immédiatement la terrifiante Aile Noire d'où s'échappait un essaim de Nettoyeurs aux commandes de leurs moto-ballons. Ils ouvrirent le feu :

— Kron'Entrop, hurla Heskenga.

Tout s'arrêta comme par magie, les moto-ballons lévitaient dans le ciel, immobiles, accrochées par des petits fils invisibles.

— Vite, dit Heskenga, nous n'avons pas beaucoup de temps.

— Comment faites-vous ça, nous n'avons plus d'Odelune.

— Sybae est si riche en magie que la moindre molécule d'Odelune suffit pour incanter de puissants sorts. Mais ce n'est pas la question, concentrons-nous ! Ton vrai nom est Edhelja Dorell !

— C'est impossible ! réagirent Aenore et Edhelja.

— Je ne pourrais pas tenir ce sort bien plus longtemps, vite répète après moi.

— Moi Edhelja Dorell...

Le jeune Druide termina son serment. Au dernier mot de la cérémonie, une explosion retentit à proximité et le ballet aérien des moto-ballons reprit son cours.

Ils sortirent du tronc d'arbre et virent un bourgeon qui venait d'éclore, Heskenga hurlait de joie, il n'était plus le dernier Druide.

Aenore et Edhelja étaient abasourdis, comment se faisait-il qu'ils puissent être Frère et Soeur. Le Père d'Aenore, Eär Dorell, un Elfe de la Résistance, avait caché cette information à sa fille toute sa vie.

Edhelja était probablement le fruit d'une aventure extra-conjugale. Malheureusement, ils n'avaient pas une minute pour discuter de la nouvelle car Nérath apparaissait déjà au loin :

— On se retrouve enfin mon cher Maître, ça fait bien longtemps que j'attendais le moment de barrer ton nom de ma liste de Druides à éliminer.

— Tu parles comme si tu m'avais déjà attrapé.

Un mur sortit soudain du sol devant Nérath, mais il le fit voler en éclats rapidement. Le mage noir répliqua en écroulant un bâtiment en ruine sur Heskenga, qui invoqua un bouclier sur lequel les pierres rebondissaient comme de vulgaires ballons.

Un combat de titans se déroulait dans l'ancienne Capitale.

Heskenga faisait signe à Edhelja et Aenore de s'enfuir, mais ils restaient pour aider leur compagnon. Une pluie de boules d'énergie tirées par les moto-ballons enfermait les trois compagnons dans un périmètre très réduit. Derrière ce déluge de feu, les Nettoyeurs atterrissaient de toute part et encerclaient maintenant la zone.

Les murs de la cité, chargée en magie jusque dans ses moindres recoins, se déplaçaient suivant la volonté de Nérath et de Heskenga. Mais le Dreade avançait inexorablement faisant voler en éclats chaque barrière que le vieux Druide dressait devant lui.

L'Odelune noire conférait à son porteur un avantage certain en terme de puissance. Nérath avait déjà éliminé la majorité des Druides, il était un mage implacable qui abattait sa force sans la retenir.

Il avançait sur les Druides et l'Elfe, si bien qu'ils se retrouvèrent acculés contre les falaises de la Vallée Sanguine. Il n'y avait plus qu'un seul choix, Nérath ou une longue chute à l'issue incertaine. Le mage noir choisit cet instant pour attaquer directement Edhelja et distraire Heskenga qui faisait de son mieux pour parer chaque attaque :

— Akte Subno !

Aenore se jeta entre le Dreade et Edhelja et fut frappé par le sort, elle s'écroula :

— Aenore ! cria Edhelja.

Elle eut juste le temps d'ajouter :

— Sauve-toi Edhel, tu es notre seul espoir !

Edhelja courut pour lui porter secours mais Heskenga l'attrapa par le col et l'entraîna avec lui dans une chute libre au fond de la Vallée Sanguine.

Quelques secondes plus tard, il se transforma en une chauve-souris géante, son Totem. De ses puissantes pattes, il l'agrippa par les épaules et l'éloigna de la zone de danger.

La Vallée Sanguine était si dangereuse et incertaine que même un Dreade comme Nérath ne les suivrait pas.

Heskenga le savait mieux que personne car il s'y cachait depuis la proclamation de l'Imperium.

En haut de la falaise, une silhouette fondue dans le décor apparut.

— Félicitations pour cette filature ma chère Scarlarine. Vos précieux renseignements m'ont permis de tomber à pic.

— Pour vous servir mon Grand Ordonnateur. Mais deux Druides sont encore en cavale.

— Je sais ! Une Neitis vaut presque un Druide, je me contenterai de Mademoiselle Dorell pour aujourd'hui, fit-il en retournant avec son pied le corps inconscient d'Aenore qui gisait devant lui, avez-vous ce que je vous ai demandé ?

— Oui, fit elle en lui tendant une fiole qui paraissait vide et une enveloppe.

— Parfait, répondit Nérath en observant le contenu.

Une petite créature volante tournoyait dans la fiole en émettant des petits flashs de lumière verte.

— Qu'est-ce qu'on fait d'elle ?

— Droguez-la et emmenez-la jusqu'à Antoppe où vous prendrez vos nouveaux ordres de mission. Rompez !

Nérath s'accroupit devant Aenore et observa son beau visage, il passa la main dans ses cheveux et en arracha une poignée qu'il plia soigneusement et glissa à côté des longues feuilles fines et vertes qui se trouvaient déjà dans l'enveloppe.

7

Le Sang et l'Âme d'Horalis

— Aenore ! hurlait Edhelja alors qu'il toucha le sol.

— Elle s'est sacrifiée pour toi, on doit continuer, insista le vieil homme.

— C'est de votre faute ! J'aurais pu la sauver !

— Nérath t'aurait aussi capturé, et je ne peux pas laisser faire ça.

— Vous l'avez abandonnée !

— J'aurais aimé avoir plus de choix, mais Nérath est trop fort !

— Je remonte ! jura Edhelja.

Il leva ses poings en garde pour combattre Heskenga.

— Je ne te combattrai pas Edhelja, si tu veux absolument retourner là-haut, vas-y, mais ce serait un suicide. Nous n'avons pas la force de combattre Nérath, sa maîtrise de l'Odelune noire le rend extrêmement résistant.

— Pourquoi Aenore ?

— Elle croit en toi Edhel, elle a la ferme conviction que tu es celui qui va ramener l'équilibre sur Horalis et elle n'a pas hésité à se sacrifier pour cette cause. Respecte son choix... Aenore est une redoutable Neitis, elle aura des opportunités pour s'échapper. Aie confiance en elle.

Edhelja baissa la tête et se réfugia dans son silence.

Ils pénétraient dans un autre monde où l'absence totale de végétaux rendait la faune exclusivement carnivore. Des lézards grands comme des hommes chassaient des insectes volants de la taille du poing.

Il fallait prendre garde à ne pas se faire ébouillanter par les colonnes d'eau que crachaient les geysers à travers leur baignoires naturelles bouillonnantes, dont les bords allaient du rouge au bleu en passant par toutes les nuances de couleurs.

Une tête de scolopendre sortit de l'un de ces bassins en ébullition comme si la chaleur n'avait aucun effet sur lui. Edhelja observa l'animal qui semblait simplement prendre un petit bain. Son corps d'une dizaine de pieds de long ondulait au rythme des bulles de ce jacuzzi naturel.

Heskenga choisit un autre bassin non occupé pour remplir une outre et laisser l'eau refroidir.

Par endroit, la chaleur émanait du sol, et ça brûlait les pieds, même à travers les souliers.

Enfin, l'air rempli de gaz toxiques rendait la marche éreintante.

— Où allons-nous ? demanda Edhelja.

Heskenga lui répondit avec un regard plein de compassion.

— Tu voulais voir un dragon ?

— Un dragon ? Un vrai ?

— Oui, nous ne sommes pas loin de la grotte de Rocquarr, mais sois sur tes gardes, mêmes s'ils hibernent ils restent imprévisibles et ne sous-estime jamais leur pouvoir psychique.

Aenore n'avait pas quitté une seconde les pensées d'Edhelja depuis leur séparation, qu'allait-elle devenir ? Il refusait de croire qu'elle était perdue. Mais ses chances étaient bien maigres entre les mains de l'Imperium. Drakaric ferait d'elle un exemple pour saper la propagande de la Résistance.

Le jour s'en allait dans un magnifique ciel rouge feu.

— C'est ici, dit Heskenga.

Ils pénétrèrent dans une caverne d'où émanait un vent brûlant par intermittence. Deux énormes crocs pointaient vers le haut de la voûte comme deux stalagmites pointues et recourbées. Le corps de l'énorme bête se camouflait parfaitement dans le décor.

— Qui vient perturber mon sommeil ? fit une voix qui résonnait à l'intérieur de leurs têtes.

— Cette voix, remarqua Edhelja, c'est cette voix que j'ai entendu le soir où j'ai trouvé l'odelunier et le soir où j'ai quitté Antoppe.

Heskenga acquiesça des yeux.

— Tu l'as enfin trouvé mon vieil ami, fit de nouveau la voix.

— Oui, répondit Heskenga, Rocquarr je te présente Edhelja.

— Le jeune Druide se sentait scanné de l'intérieur.

— Mes ailes sont engourdies après vingt-cinq ans de sommeil, il me tarde de voler à nouveau peux-tu m'aider jeune Druide ?

— J'veux bien mais comment ?

— Il me faut de l'Odelune, beaucoup d'Odelune.

Heskenga sortit de sa besace une poche en cuir qui renfermait une sorte de pendule avec sept aiguilles.

— C'est quoi ce truc ? demanda Edhelja.

— Un louknoscope, cela permet de voir où sont situées les Lunes en permanence. Dans très exactement vingt-trois jours, les Sept Lunes s'aligneront dans le ciel et les Saules de la Forêt du Gyhr sécrèteront l'Odelune.

— Il n'y a pas une minute à perdre, fit le dragon, il faut contacter la Résistance et coordonner une attaque avec eux, c'est la seule solution.

— Ok et comment ? répliqua Edhelja. Notre seul contact s'est fait capturer.

— La Résistance m'en veut de ne pas les avoir rejoint quand ils ont commencé leur combat, mais je pense qu'ils accepteront volontiers notre aide, fit Heskenga. De plus il est évident que l'Imperium va occuper la forêt du Gyhr pour s'approprier les récoltes une fois de plus.

— Si seulement je pouvais vous aider mais il nous faudrait beaucoup d'Odelune, regretta Rocquarr.

— Ce que nous n'avons malheureusement pas, rétorqua Heskenga, concentrons-nous sur ce que nous pouvons faire.

— Le seul moyen de s'en procurer serait sur le marché noir, émit le dragon.

— Attendez, dit Edhelja, l'Imperium va sans doute vouloir ramener en sécurité l'Odelune à Dra'Kan, c'est là qu'ils attendraient le moins une attaque de notre part. Nous pourrions bénéficier de l'effet de surprise.

— C'est trop risqué, réfuta Heskenga.

— Ton jeune protégé ne manque pas de suite dans les idées, reconnu le dragon.

— Il n'est pas formé, nous n'avons pas le temps de planifier une telle opération et la Résistance ne se risquera jamais avec ce plan.

— Formez-moi alors.

Le dragon riait intérieurement.

— Très bien, dit Heskenga, nous commencerons demain matin par la méditation.

— La méditation ? J'ai besoin d'apprendre à me battre Maître pas à méditer !

— Et tu as vu ce que ça a donné la dernière fois, la force d'un Druide réside dans le contrôle de soi et la préparation. Il te faut de solides fondations pour pouvoir un jour maîtriser les sorts les plus puissants.

Il dormirent bien piètrement dans la grotte, le ronflement d'un dragon se remarquait assez aisément dans le silence de la nuit.

Un peu avant l'aube, Heskenga se mit à genoux sur Edhelja qui avait enfin trouvé le sommeil, et commença à l'étrangler, ce dernier se réveilla en sursaut et se débattit comme il pouvait. Mais le vieil homme tenait bon.

Lorsque Edhelja sentit ses forces le quitter, le Maître lâcha prise :

— Leçon numéro un, un Druide est toujours prêt à se défendre.

— Je croyais qu'on ferait de la méditation ce matin.

— On y viendra, mais tu voulais apprendre les techniques de combat, rien de tel pour se réveiller, en garde jeune druide.

Edhelja se mit à frapper avec frénésie, mais il ne pouvait que constater qu'Heskenga esquivait ou parait chacun de ses coups. En revanche le Maître faisait mouche à chaque direct, ce qui déstabilisait considérablement Edhelja.

Comment un vieil homme pouvait le surclasser autant ?

— Il est plus important d'observer ton adversaire que d'essayer de le frapper, apprends à esquiver et parer. Ton adversaire finira par trahir ses faiblesses. La rage que tu portes dans tes coups te dessert, tu perds ton énergie. Ushumor l'avait compris lorsqu'il s'est joué de toi. La bataille du monde vivant est une bataille pour l'énergie. Les animaux se battent pour se nourrir. Les arbres se battent pour obtenir de la lumière. L'énergie est la ressource la plus importante. Donc tu dois l'utiliser efficacement pour ne pas en dépenser plus que ton adversaire. Plus tard, tu apprendras comment en obtenir à volonté.

— Ok, je frappe que lorsque je suis sûr de faire mouche ? Mais comment être sûr ?

— Tu ne le seras jamais, mais l'entraînement développe ton instinct.

Ils pratiquèrent différents mouvements d'esquives des heures durant, puis Heskenga chassa un grand lézard qu'ils firent griller sur le feu. Edhelja n'en avait jamais mangé avant, c'était une viande plutôt coriace mais bien goûteuse. Pour dire vrai, ça se dévorait plus que ça se dégustait.

Ils s'entraînèrent ainsi pendant plusieurs jours. Mais ce matin, un aetherscaphe porté par deux ballons venait d'atterrir à proximité.

Edhelja se précipita en direction du curieux vaisseau.

De la fumée émanait de l'un des propulseurs, mais il ne vit personne. Il s'approcha davantage lorsqu'une voix l'interpella dans son dos.

— Bouge pas !

8

L'Inattendu

Il se retourna et vit une jeune femme vêtue de blanc dont la peau mate contrastait avec la clarté de ses vêtements. Ses tatouages de contrebande remontaient le long de son cou et son côté gauche était rasé de près. De l'autre côté, sa chevelure brune et ondulée retombait sur son épaule. Une mèche couvrait son œil et lui donnait une allure rebelle. Ses yeux renvoyaient les rayons du soleil comme deux émeraudes. Un corbeau blanc était perché sur son épaule.

J'ai déjà vu ce corbeau…

Elle pointait son arbalète sur Edhelja.

— Je te conseille de baisser ton arme, menaça le jeune Druide.

— Qui es-tu ?

— Ça te regarde pas, et toi ?

— Je suis Diyana Koriana, chasseuse de primes ! Et toi t'as une tête à un million de Drasks.

— Tant que ça ?

— Ta tête est placardée dans tout l'Imperium.

— Je suis flatté, fit Edhelja en s'avançant vers Diyana, quand bien même tu réussirais à me capturer, tu n'irais pas bien loin avec ton vaisseau.

— Ne bouge pas ou je tire.

— Je te propose un marché, je répare ton propulseur et tu me sors de cette vallée.

La flèche partit comme un éclair. Edhelja esquiva facilement le projectile qui se ficha sur la coque de l'aetherscaphe.

Une seconde après l'impact, il sentit une décharge d'énergie dans le dos et s'écroula. Diyana le hissa dans son vaisseau et l'enferma dans une cage.

La ruse de la contre-flèche avait fonctionné à merveille, un petit mécanisme se déclenchait à l'impact et projetait une capsule paralysante dans la direction opposée.

Elle prit un sac vide, enfila un étrange casque et se dirigea vers la caverne de Rocquarr. Elle grimpa les quelques rochers qui la séparaient de l'entrée de la grotte. Tapi dans l'ombre, Heskenga se faufila discrètement dans le vaisseau.

Pendant ce temps, Diyana revêtit son casque et s'acharna avec un marteau et un burin pour arracher quelques écailles au dragon.

L'esprit de Rocquarr lui hurlait dessus par télépathie, mais son casque la protégeait. Elle termina sa sale besogne et fila rapidement. Elle largua les amarres et mit le cap au sud.

Diyana espérait qu'en partageant la prime avec Joran Ghornvil, elle pourrait s'affranchir de sa dette et recouvrer enfin sa liberté. Tomber sur Edhelja avait été une incroyable aubaine, elle pourrait même faire un juteux bénéfice inespéré. Elle offrirait en prime une écaille de dragon qu'elle venait de ramasser.

C'était un matériau rare, prisé pour son extrême dureté, qui servait à fabriquer des dagues ou des pointes de lances vendues à prix d'or.

Le corps du dragon renouvelait les écailles au bout de quelques semaines, mais la plaie ouverte créait un dangereux point faible. En temps normal, les chanceux qui réussissaient à en voler pouvaient compter leur jour.

Mais depuis que les Dragons hibernaient, quelques courageux s'étaient aventurés dans les cavernes de la Vallée Sanguine pour ce marché lucratif.

La grande majorité mourut après que les dragons ait sondé leur esprit, la minorité restante devenait des idiots du village. Mais Diyana avait hérité d'un casque anti-télépathie de son père et pouvait ainsi se servir à son aise.

En plus de la chasse à primes, elle était devenue une experte dans ce négoce très lucratif.

Pendant ce temps Edhelja reprenait ses esprits :

— Eh toi… hurla-t-il, où sommes-nous ?

— Tiens, tiens... Mon précieux butin se réveille, t'as fait une bonne sieste mon poussin ?

— Qu'est-ce que ? Comment t'as réussi à me capturer ?

— Apparemment, tu ne connaissais pas le coup de la contre-flèche, se moqua-t-elle.

— Où est-ce que tu m'emmènes ?

— Tu le découvriras bientôt… répondit-elle, à propos, qu'est-ce que tu faisais seul dans la Vallée ?

— Je dois rejoindre la Résistance, j'ai affronté Nérath à Sybae et je me suis enfui en me précipitant dans cet enfer.

— Nérath ? Tu survis à ce tyran et tu te fais capturer aussi facilement ?

— Quelqu'un m'a aidé, mais elle a été capturée.

— Dommage que ce soit pour que tu finisses ici tu trouves pas ? se moqua-t-elle de nouveau.

Edhelja hurla de rage en secouant la cage de toutes ses forces, les soudures commencèrent à céder. Diyana prit son arbalète et lui décocha la même capsule paralysante. Il perdit de nouveau connaissance :

— T'es plus mignon quand tu dors.

～☙～

À quelques encablures de là, un homme observait l'Inattendu depuis le bord de la falaise, caché derrière un rocher. Perché sur sa main, un perroquet écoutait avec attention les derniers mots de son message et s'envola.

Quelques dizaines de minutes plus tard à bord du Contrebandier, le même perroquet se perchait sur l'avant-bras de Toscan Ghornvil.

— Ai repéré Diyana Koriana, son vaisseau ne vole qu'avec un seul propulseur, placez-vous en aval du Pont des Milles Ballons pour interception, récitait le perroquet.

— On les tient, se félicita Toscan.

Diyana ne se doutait de rien et volait toujours plein sud.

Tous feux éteints, le Contrebandier, vaisseau légendaire du Cartel du Saragor, attendait caché derrière une falaise pour lancer l'abordage.

À la dernière minute, l'aetherscaphe fonça sur l'Inattendu, Diyana tenta de remettre en marche son propulseur défectueux qui gémissait son dernier souffle dans un grondement assourdissant jusqu'à ce qu'une explosion le mit définitivement hors service.

Les grappins du Contrebandier pleuvaient déjà sur les filets aethérostatiques du petit vaisseau :

— Mon père sera ravi, se félicita Toscan en prenant pied sur le pont.

— Attends, j'ai de quoi rembourser ma dette.

— Encore mieux, voilà qui lui donnera le sourire, où est la précieuse marchandise ?

— Je négocierai moi-même avec Joran !

— Emparez-vous d'elle !

Trois gorilles armés de dagues jaunes encerclèrent la jeune femme. L'un d'eux voulut l'attraper seul, mais d'une intelligente esquive elle l'envoya valdinguer par-dessus bord. Il fit une longue traînée lumineuse jaune dans le ciel avec son arme. Elle gardait une bonne distance avec ses deux autres assaillants, mais Toscan s'était approché discrètement dans son dos et d'un coup de matraque bien placé entre les omoplates, il eut raison d'elle.

Les deux hommes lui nouèrent solidement les mains dans le dos et l'enfermèrent dans la cage avec Edhelja.

— Direction Port Taïs, ordonna Toscan.

Le Contrebandier remorquait l'Inattendu.

La prise était belle pour le Cartel. Le vaisseau, la chasseuse de primes avec sa prime, et quelques écailles de dragon qui valaient une petite fortune.

Quelques minutes plus tard, Diyana reprit ses esprits :

— T'es beaucoup plus sympa quand tu dors, lui asséna Edhelja.

— Si seulement cette saleté d'moteur avait tenu bon !

— Si seulement j'avais de l'Odelune !

— Que ferais-tu avec de l'Odelune ?

— Je nous sortirais d'ici en claquant des doigts.

— Et si je te disais que je sais où en trouver ?

— Quelle quantité ?

— Des douzaines de fioles.

— Où ça ?

— Dans un entrepôt à Port Taïs.

— Comment comptes-tu t'y prendre ? Je pense pas qu'il vont nous laisser nous servir comme ça.

— Mon corbeau viendra nous libérer.

— Ah d'accord, fit Edhelja.

Un plan d'évasion qui repose sur un Corbeau, on n'est pas rendu…

Paradoxalement, l'instinct du jeune Druide lui murmurait que Diyana valait mieux que ces brutes.

Une fois qu'il aurait mis la main sur l'Odelune il pourrait reprendre le contrôle de la situation.

Le Contrebandier atterrissait à Port Taïs, Toscan voulait orchestrer la surprise pour son père. Il envoya un perroquet pour l'inviter à l'aethérodock. Il pourrait ainsi assister à son arrivée triomphante.

Après avoir fait solidement arrimer son aetherscaphe à quai, Toscan descendit par la passerelle principale, le buste gonflé de fierté.

Il aperçut son père.

— Alors, si tu nous disais pourquoi tu m'as fait venir dans les docks ? demanda Joran.

— Diyana et son vaisseau sont à nous, mais il y a une surprise en plus.

— Je les aime seulement si elles sont bonnes.

Toscan montra la cage enfermant Edhelja et Diyana. Joran reconnu immédiatement Edhelja, on n'oublie pas un visage à un million de Drasks.

Il s'approcha de la cage.

— Que faisais-tu seul dans la Vallée ? demanda-t-il au jeune Druide.

— C'est une longue histoire.

— J'adore les histoires, raconte- moi ce qu'il t'est arrivé.

— Non.

— Héhé, un audacieux qui ose me dire non. Je vais te proposer un marché mon garçon, soit tu me racontes ton histoire maintenant, soit je t'assomme et je préviens l'Imperium maintenant, et je t'assure que tu dormiras encore lorsqu'ils me paieront mon million.

— Ok, fit le jeune Druide, mais j'ai faim.

— Apportez du pain, du saucisson de stéostoon et du vin, ordonna Joran.

— Rouge ou blanc ? fit l'un des hommes

— Rouge ! s'énerva-t-il.

Le patron du Cartel s'assit simplement en tailleur à côté de la cage. Il sortit son couteau et coupa des tranches de saucisson.

— Le secret c'est de faire des tranches bien fines, fit-il en lui passant la viande à travers les barreaux rouillés.

Edhelja n'avait pas mangé quelque chose d'aussi bon depuis très longtemps.

— D'où tu viens jeune homme ?

— Antoppe.

— Antoppe hein ? J'ai grandi dans cette ville, dans quel quartier tu vivais ?

— Les Pentes.

— Étonnant… La vieille Berth tient toujours le Caveau des Docks ?

— Toujours. C'est d'ailleurs là que tout a commencé...

— Raconte-moi, fit Joran en lui versant un verre de vin.

Il écouta avec attention jusqu'à la fin.

— Bravo, tu viens de t'acheter vingt-quatre heures de répit. Je reviendrais te voir demain.

Joran s'éloigna et rejoignit son fils Toscan.

— Laisse quelques gars pour garder un œil sur ces deux-là.

— Ok, j'envoie un perroquet à l'Imperium pour toucher la prime ?

— Non !

— Hein ? Tu rigoles ?

— Non, tu ne contactes pas l'Impérium.

— Mais… un million de Drasks !

— J'ai dit non !

Toscan se renfrogna et partit fâché.

Plusieurs gardes restèrent dans l'aethérodock pour surveiller la précieuse marchandise.

Une fois la nuit bien avancée, une silhouette se glissa dans l'obscurité, et neutralisa les gardes un par un dans un silence parfait. L'homme, qui s'approchait de la cage, paraissait étonnamment âgé pour la fluidité de ses mouvements. Il portait une barbe blanche finement entretenue.

— Heskenga ! fit Edhelja soulagé.

— Tu connais ce gars ?

— Ouais, on était ensemble avant que tu me captures.

Diyana se sentit stupide d'avoir supposé qu'Edhelja était seul dans la Vallée Sanguine.

— C'est bon de vous voir Maître.

— Je ne retournerai pas le compliment pour ta compagne de cellule, Diyana Koriana, une pilleuse d'écailles de Dragons. Elle n'est pas très populaire parmi nos amis.

— Elle sait où on peut se procurer de l'Odelune.

— Sans doute un mensonge pour se sortir de sa situation.

— Je vous jure que non, réagit Diyana.

— Où puis-je trouver l'Odelune ?

— Tu crois que je vais te le dire pour que tu me laisses pourrir ici ?

— Si ce que tu dis est vrai, je viendrai te libérer une fois que j'ai de l'Odelune.

Heskenga crochetait le cadenas de la cage pour libérer Edhelja.

— Alors ? Où puis-je trouver l'Odelune ?

— Je vais te le dire, mais c'est très bien gardé, tu auras besoin de moi pour réussir le coup, fais-moi confiance.

Au même moment Foern'k arrivait en vol plané et se perchait juste sur la cage de Diyana. Heskenga l'observa avec attention, surpris par sa couleur claire et son regard plein d'intelligence.

— OK, dit-il en libérant la jeune femme, allons-y.

Ils se dirigèrent en silence vers un entrepôt éloigné de l'aethérodock. Des chiens gardaient l'entrée, et commençaient à s'agiter en flairant le danger.

— On a besoin d'une diversion, Foern'k, attire-les derrière le bâtiment.

Le corbeau comprit rapidement son rôle et vola de l'autre côté de l'entrepôt, il se mit à croasser à tue-tête en faisant tomber des pierres sur des morceaux de tôle ondulée. La diversion fonctionnait parfaitement.

Attirés par ce tapage, les chiens couraient de l'autre côté du bâtiment.

— C'est le moment, fit Diyana.

— Ton corbeau est sacrément intelligent, dit Edhelja.

Diyana se contenta de répondre par un clignement d'œil. Ils entrèrent dans le bâtiment, deux gardes leur tournaient le dos, occupés par le remue-ménage que faisaient les chiens.

— Qu'est-ce qui s'passe encore ? fit l'un des vigiles.

— Ça doit être encore un rat des sables, ça rend fou les clébards.

— Va voir pour être sûr !

Diyana s'approcha sans bruit de celui qui était resté et l'assomma d'un coup sec sur la nuque.

Tel le loup qui dormait en lui, Edhelja courut derrière le deuxième qui se retourna en entendant les bruits de pas. Mais il était trop tard, le jeune Druide était lancé à pleine vitesse et le salua d'un direct du droit qui l'envoya au tapis.

Ils les bâillonnèrent et ligotèrent rapidement.

L'entrepôt était rempli de milliers de caisses. Cela prendrait un temps fou de les ouvrir une par une pour trouver l'Odelune. Heskenga s'assit en tailleur au milieu des étagères :

— Silence ! dit-il, je dois m'ouvrir au Soito.

— Au quoi ? demanda Edhelja.

— Au Soito, je t'expliquerai bientôt.

Heskenga laissa aller son esprit.

L'Odelune laissait une trace magique que les Druides pouvait percevoir. Il se releva et se dirigea vers une étagère couverte de vieilles choses, des engrenages rouillés, des bouteilles de rhum vides et une pendule qui ne tournait plus depuis longtemps. Il grimpa sur l'étagère et ouvrit une caisse métallique bleu marine couverte de poussière. Elle contenait plusieurs fioles d'Odelune, emballées comme d'antan, bien avant l'existence de l'Imperium.

— Génial ! s'exclama-t-il, avec une de ces fioles, on peut réveiller un dragon.

— Nous devons partir, fit Diyana.

— Attends, rétorqua le jeune Druide, il y a des pièces mécaniques ici, je peux peut-être trouver de quoi réparer ton propulseur.

— Vite, le bruit des chiens va alerter les gardes aux alentours.

— Remplis ton odelunier, fit Heskenga en lui tendant une fiole. Atara'Xia !

— Qu'est-ce que c'est que ça ? demanda Diyana.

— Un sort de discrétion, si quelqu'un nous voit, il nous prendra pour des gardes.

Edhelja prit une caisse vide dans laquelle il entassa des pièces et quelques outils.

Ils partirent rejoindre l'aethérodock et chargèrent l'Inattendu. Edhelja sabota le Contrebandier et ils s'élevèrent dans les airs sans démarrer les propulseurs pour rester discrets.

Heskenga étendit le sort de discrétion au vaisseau complet.

Ce n'est qu'au petit matin que les membres du cartel du Saragor découvrirent l'évasion.

L'un des gardes de l'entrepôt reprit ses esprits et courut attraper un steocab pour avertir Joran Ghornvil du vol de l'Odelune. Lorsqu'il arriva, une réunion de crise se tenait.

— L'entrepôt sud des docks a été dévalisé cette nuit ! fit l'homme à bout de souffle.

— Qui ? demanda Toscan en colère.

— Je… je sais pas, ça s'est passé si vite. Je me souviens juste des chiens qui aboyaient…

— Qu'est-ce qu'ils ont volé ?

— Pas grand-chose, ils ont juste ouvert une caisse et pris ce qu'il y avait dedans.

— Une caisse métallique bleu marine ?

— Ouais, comment vous connaissez la couleur ?

— L'Odelune ! Ces fils de chien ont volé l'Odelune, explosa Toscan.

Joran ne put retenir un sourire qu'il cacha rapidement, ce qui n'échappa pas à son fils.

— Il n'y avait que toi et moi qui connaissions l'existence de cette Odelune, accusa Toscan.

— Du calme Toscan !

— Foutaise ! Cette Odelune valait des millions de Drasks !

— Il y a des choses plus importantes que les Drasks mon fils, surtout en ces temps de guerre.

— Qu'est-ce que tu racontes ? Y'a que le pognon et le pouvoir qui comptent pour des contrebandiers comme nous. Cette traîtresse de Diyana te rend trop gentil. Tu l'as toujours préférée de toute façon !

— Tu sais bien que c'est faux mon fils. Et pour l'Odelune, tu manques de vision. N'oublie jamais que l'Impérium est aussi notre ennemi. Drakaric se concentre sur le Résistance maintenant, mais si la Résistance faillit et perd, combien de temps penses-tu qu'il faudra à l'Impérium pour s'attaquer à nous. Tant que la Résistance et l'Imperium combattent nous sommes tranquille et la guerre crée beaucoup d'opportunités juteuses pour le business. Notre salut réside dans une Résistance forte. Et ce gamin va renforcer considérablement la Résistance avec toute cette Odelune.

— Foutaise, l'Impérium récompense ses partisans à coup de millions et de terres, on pourrait étendre notre territoire. La Résistance paye que dalle !

— Quelle innocence mon fils. Ne laisse pas la jalousie et la vanité obscurcir ton jugement.

— Merde ! fit-il en quittant la pièce.

Toscan quitta la pièce en colère. Il fonça vers l'aethérodock.

— Réparez-moi le contrebandier immédiatement, nous partons ce soir ! Qu'on m'apporte un perroquet.

L'un des hommes lui tendit rapidement le facteur à plumes.

— Toscan Ghornvil pour Le Grand Ordonnateur. Ai de précieux renseignements concernant la capture du dangereux dissident Edhelja. Requiert une rencontre à la porte du Saragor dans deux jours.

Le perroquet s'envola vers sa destination, l'Aile Noire.

Au même moment, à l'autre bout d'Horalis, entre Antoppe et Dra'Kan, au fond d'un bateau de transport de troupes.

Après plusieurs jours de mer, Aenore s'était habituée à l'odeur nauséeuse de ce fond de cale. Le mouvement de roulis incessant et le manque de nourriture perturbait son sens de l'équilibre. Une sensation permanente de tomber en arrière la clouait derrière ces barreaux rongés par la rouille.

Un silence inhabituel attira son attention, elle tendit l'œil à travers un minuscule trou dans le plancher du pont et aperçut une ombre menaçante qui planait au-dessus du navire.

Soudain, les cris remplacèrent le silence et la panique s'empara de l'équipage. L'attaque fut brève et d'une rare violence ! Les hurlements, le bruit des canons, le craquement sinistre des bastaings, puis l'eau qui s'engouffrait inexorablement.

Elle acceptait son sort, bien que terrorisée par la noyade, la mort était sans doute une sentence plus douce que ce qui l'attendait au terme de ce périple.

Les ténèbres l'envahirent, elle ne résista pas...

Naufragée

Quelques minutes, quelques heures plus tard, elle n'aurait su dire, elle reprit connaissance. Elle prit une grande bouffée d'air comme si elle respirait pour la première fois. Elle sentit le sable sous son corps pesant, et l'eau couverte d'écume la soulever puis la reposer autant de fois qu'il fallut pour que ses membres endoloris la traînent hors d'atteinte des vagues qui déposaient par petits morceaux les restes du navire.

Que s'est-il passé, suis-je en vie ? Ma tête va exploser...

Une fois sur le sable sec, elle perdit de nouveau connaissance. Elle se réveilla à la nuit tombante, affalée sur le dos, et resta quelques minutes ainsi.

Une légère brise rafraichissait les vieux chiffons mouillés qu'elle portait en guise de vêtements.

Le soleil couchant la rendit nostalgique, elle pensa à son frère, Edhelja. Elle avait déjà accepté que la vie pouvait souvent paraître injuste, mais être arrachée de force à ce jeune frère que le destin venait de lui offrir relevait de la cruauté.

Elle observa autour d'elle, le sable était noir. Elle se leva et grimpa sur des rochers de la même couleur. En prenant de la hauteur, elle remarqua avec gratitude que cette plage était la seule à la ronde. Le reste de la côte était bordé de falaises aux arêtes tranchantes, sans cesse frappées par les vagues.

Quelle chance d'avoir échoué sur cette plage !

Heureuse d'être en vie, elle remercia les Sept Lunes d'avoir reçu une seconde chance.

Elle n'avait rien mangé depuis plusieurs jours, et se mit en quête de nourriture. Sa force physique était considérablement diminuée par une intense fatigue. Elle vit quelques coquillages collés sur les rochers.

Ce sera parfait pour un premier repas.

À l'aide d'un caillou, elle cassa quelques huîtres plates. Ça croquait un peu sous la dent mais la chair était délicieuse.

Elle recouvrait peu à peu de l'énergie, ce qui lui permit de remettre ses idées en ordre et de déduire sa position géographique. Il n'y avait qu'une seule île aussi grande entre le continent et l'Île Bonneterre...

Kraa'Terra, l'île maudite de Kraa'Terra...

Elle se souvint des histoires que ses parents lui contaient à propos de l'île. D'après la légende, nul ne pouvait quitter Kraa'Terra en vie, les créatures qui vivaient ici gardaient leur secret précieusement.

Être vivante sur l'Île dont on ne repart pas vivant, quelle ironie !

Elle progressait dans l'île grâce à la lumière de cinq des sept Lunes. Un vent de mer balayait les nuages, et révélait le sommet du volcan d'où partaient quelques coulées de lave dont la lueur dessinait des tentacules oranges dans l'obscurité.

Le Volcan Kraa. J'avais raison… Kraa'Terra !

Elle devait rallier les forces de la Résistance le plus vite possible, mais n'avait aucune idée comment rejoindre le continent.

La construction d'un radeau ou la nage ne constituaient pas une solution viable, compte tenu des vents violents autour de l'île. Les bateaux ou les aetherscaphes étaient très rares dans les parages.

Écoutant son instinct, elle décida de gravir le volcan Kraa. Mais une curieuse formation géologique se dressait entre elle et le volcan, comme une muraille de basalte percée de quelques entrées.

Elle pénétra dans le labyrinthe par l'une des ouvertures et marcha droit devant. Mais les murs abrupts la forçait à prendre quelques virages, si bien qu'elle ne savait bientôt plus par où elle était entrée.

Elle tenta de s'aider du ciel pour se guider mais elle n'en voyait jamais plus qu'une infime partie. Pas suffisant pour s'orienter. C'est alors qu'elle trébucha sur des restes d'ossements humains. La couleur blanche du crâne contrastait parfaitement avec la noirceur du sable.

Enfin, elle vit de la lumière en face d'elle, ce ne pouvait être que la sortie.

Le jour se levait déjà.

Devant elle, s'étendait une longue plage de sable. Des traces de pas reliaient la mer au labyrinthe de pierres.

Je tourne en rond !

Elle avait marché des heures durant pour revenir à l'endroit exact d'où elle était partie. Déprimée, elle s'assit dans le sable pour reprendre quelques forces.

C'est alors qu'elle aperçut un petit singe blanc perché là-haut sur les rochers. Deux grands yeux d'une superbe couleur orange la dévisageaient avec une grande curiosité.

— Qui es-tu toi ? Tu dois connaître les moindres recoins de ce labyrinthe.

L'Elfe gravit alors les rochers, prenant garde où elle posait ses pieds. Le petit singe prit peur et fila se cacher.

Par endroit la roche était coupante comme une lame de rasoir. Mais sa légèreté d'Elfe en plus de l'incroyable agilité de la Neitis la faisaient se mouvoir relativement aisément sur ce dédale de pièges tranchants.

Le petit singe disparaissait puis réapparaissait, et la fixait toujours avec les même yeux curieux.

À midi, elle arriva enfin au bout du labyrinthe. Il en fallait plus pour arrêter une Neitis. Elle s'arrêta pour manger les quelques algues qu'elle avait ramassées la veille, lors de sa pêche aux huîtres.

Une ombre noire et menaçante la survola, similaire à celle qu'elle avait aperçue quelques minutes avant le naufrage.

Un corbeau géant !

La seule chose que les gens savaient d'eux est qu'ils étaient aussi vieux qu'Horalis.

L'île de Kraa'Terra, bien qu'inhospitalière, était leur sanctuaire.

Elle ne le quittait pas des yeux.

Il s'approche un peu trop près.

L'impressionnante silhouette tournait dans le ciel comme le font les vautours lorsqu'ils attendent le dernier souffle de leur prochain repas. Elle termina son pique-nique en vitesse et continua son ascension tout en gardant un œil sur le géant qui rodait. Elle fut ralentie par une falaise verticale qui se dressait devant elle, et elle n'avait pas d'autre choix que de l'escalader pour atteindre une plateforme située plus haut et continuer son chemin. Elle grimpa facilement les trois quarts de la paroi, mais la fin était presque lisse, et se terminait par un surplomb. Une seule et unique prise lui permettrait d'atteindre la plateforme. Elle secoua ses bras l'un après l'autre pour les relaxer. Elle regarda en bas pour en déduire qu'elle n'avait définitivement pas droit à l'erreur. La chute serait à coup sûr fatale. Puis, elle jeta un œil autour d'elle, l'oiseau géant avait disparu. Elle souffla, fixa la prise et détendit tout son corps comme un ressort. Du bout de la main droite elle saisit la minuscule prise, puis ensuite la gauche, elle souffla de nouveau, un dernier effort et elle passa la main par-dessus le petit surplomb et se hissa sur la plateforme.

Le gigantesque corbeau était perché là, devant elle, grand comme deux hommes.

Elle se mit debout devant lui, ne se démonta pas et le fixa dans les yeux.

— Ces terres sont sacrées, tu ne peux aller au-delà de ce point, fit-il.

— Je veux juste rentrer chez moi. Tu peux m'aider à sortir d'ici ?

— C'est contraire à nos lois.

— Alors laisse-moi passer, je dois avancer !

— C'est impossible ! insista le Corbeau en ouvrant en grand les ailes.

Il se pencha en avant et poussa Aenore avec son bec, elle perdit l'équilibre et chuta du haut de la falaise, elle tombait vers une mort certaine.

Adieu petit frère...

Quasiment au ras du sol, elle atterrit sur l'encolure de l'oiseau qui s'était jeté en piqué pour ouvrir les ailes à quelques pieds du sol.

Elle agrippa ses plumes en serrant de toutes ses forces.

— Doucement, je suis plutôt sensible du cou, fit-il.

Aenore ne répondit rien, elle réalisait à peine qu'au lieu d'être morte elle était à califourchon sur un corbeau géant.

— Que fait une jeune Elfe si loin de son territoire ?

— C'est quoi ces manières ? pesta Aenore.

— L'ennui nous tue à petit feu ici. Il faut bien qu'on s'amuse un peu !

— Repose-moi, insista Aenore en lui martelant l'encolure.

— Doucement, je suis sensible du cou je t'ai dit.

— Je dois absolument partir d'ici et rejoindre le continent.

— Vous autres, petits êtres du continent, vous êtes toujours à courir après le temps.

— Mes amis ont besoin de moi, et maintenant, pas dans un siècle !

— Que fais-tu donc de beau avec tes amis ? Raconte-moi ton histoire jeune Elfe. Commence par me dire ton nom. Moi je suis Saggonir...

Aenore était très pressée, mais elle sentait bien qu'elle n'obtiendrait rien du corbeau en forçant les choses. Le temps était une valeur toute relative pour ces oiseaux qui vivaient des centaines de siècles.

Elle conta l'avènement de l'Imperium, le massacre des Druides et le combat de la Résistance.

— Tu comprends maintenant pourquoi je dois retourner aider mes amis ? fit-elle.

— Nos lois sont intransigeantes. Personne ne peut repartir de Kraa'Terra sans avoir passé l'épreuve des Sept Lunes en Trois Virages.

— Hein ? Vous avez pas trouvé un autre nom ?

— C'est très littéral en fait.

— Littéral ? Sept Lunes en Trois Virages… Je suis curieuse du coup, je vais tenter l'épreuve.

— Il n'y a qu'un seul essai. Tu réussis ou tu meurs.

— Si c'est l'unique chemin pour partir d'ici, c'est celui que je prendrais, fit-elle.

— Courageuse… ou inconsciente…

— Allons-y, il n'y a pas une minute à perdre.

— Soit. Je commençais à t'apprécier jeune Elfe.

Le Corbeau l'emmena au sommet du volcan Kraa.

Il croassa avec force.

Le son était grave et amplifié par l'écho. Des dizaines de corbeaux géants répondirent à l'appel en croassant à leur tour dans une cacophonie troublante.

L'épreuve des Sept Lunes en Trois Virages était si rare, que malgré leur infinie sagesse, les oiseaux montraient une excitation démesurée. Ils étaient des dizaines à s'être posés sur la crête qui entourait la caldera.

Le doyen des Corbeaux prit la parole. Il avait quelques plumes blanches, personne ne pouvait deviner son âge, probablement des centaines de siècles.

Il avait vu des générations d'arbres naître et mourir.

— Mes chers frères, la providence nous gratifie d'une distraction imprévue pour votre plus grand plaisir. Comment t'appelles-tu jeune prétendante ?

— Parle, fit Saggonir.

— Aenore Dorell, fille d'Eär Dorell !

— Aenore Dorell, écoute attentivement les règles de l'épreuve de Kraa.

Au centre du cratère, sept colonnes positionnées en suivant une forme géométrique sortaient du bassin de lave en fusion. Chacune était coiffée d'un autel sur lequel une boule lumineuse flottait en lévitation. Des ponts suspendus faits de cordes et de lattes en bois reliaient chaque pilier les uns aux autres.

— Tu dois collecter les sept gemmes d'Horalis mais tu ne peux changer de direction que trois fois et pas une de plus. L'usage de la magie est interdit. Tu as jusqu'aux premiers rayons du soleil pour réfléchir, mais tu n'as qu'un seul et unique essai. Si tu échoues, tu mourras sur cette île. Si tu réussis, la vie sauve et notre amitié tu auras gagnées. L'un de nous t'accompagneras alors vers la destination de ton choix, à la seule condition que tu gardes secrète l'épreuve des Sept Lunes en Trois Virages.

Aenore se tritura les méninges.

Des heures durant, elle observa les sept piliers mais aucune des solutions qu'elle imaginait ne fonctionnait.

Chaque scénario se terminait avec plus de trois virages.

Les premières lueurs de l'aube pointaient à l'horizon. Elle répétait dans sa tête les paroles du doyen pour y déceler le moindre indice.

Si seulement, je pouvais voler… eh mais, je peux voler. Si tu réussis, la vie sauve et notre amitié tu auras gagnées... Seule, je suis vouée à échouer. L'amitié des Corbeaux, voilà la solution.

L'horizon se parait déjà des couleurs de feu du soleil levant, mais toujours pas le moindre rayon.

— J'ai trouvé, fit-elle enfin, Saggonir, à mon top tu voleras en ligne droite.

L'Efle se mit à courir sur la plus longue diagonale, collectant ainsi les gemmes rouges, blanches et dorées sans faire le moindre virage.

Juste après la seconde gemme, elle fit signe à Saggonir :

— Top ! hurla-t-elle.

Le Corbeau s'élança majestueusement dans les airs. Sa trajectoire coupa celle d'Aenore sur la colonne portant la gemme dorée. Elle sauta sur le Corbeau, et se dirigea vers une quatrième gemme, la verte.

Quatre gemmes, un virage…

— Toi, dit-elle en désignant un autre Corbeau, vole droit devant comme Saggonir sinon je suis foutue.

Le Corbeau désigné s'élança avec la même majesté. La difficulté résidait dans la justesse du timing. Lorsque les trajectoires des deux oiseaux se croisèrent, elle sauta sur le second qui filait droit vers deux autres gemmes, la violette et la turquoise.

Six gemmes, deux virages…

Alors qu'ils arrivaient vers la sixième gemme, elle appela son troisième ami corbeau qui n'était autre que le doyen en personne. Ce dernier s'élança, curieusement avec beaucoup moins de classe et bien plus lentement que ses deux précédents frères.

Plus vite, plus vite…

Au point de croisement des trajectoires, le doyen était encore à plusieurs pieds.

Tant pis, je n'ai pas le choix… Edhelja mon frère, puissent les Lunes faire que je te revoie un jour !

Debout sur le dos de son corbeau, elle s'accroupit et détendit son corps comme un ressort en direction du doyen…

10

La Tour Des Bagnards

Une seconde, deux secondes dans les airs. La phase montante de son saut se terminait déjà. Elle redescendait lorsqu'elle se rattrapa tant bien que mal à l'une des pattes du doyen.

— Ouaaaaaach ! Doucement je ne suis plus tout jeune ! grogna-t-il.

— Eh, c'est pas vous qui risquez de tomber dans la lave. Non mais !

Il fonça vers la dernière gemme, la orange.

Sept Lunes en trois virages…

Tous les Corbeaux croassèrent de concert. On aurait dit que le volcan allait entrer en éruption. Ils célébraient la performance de la jeune Elfe. Saggonir vint à sa rencontre.

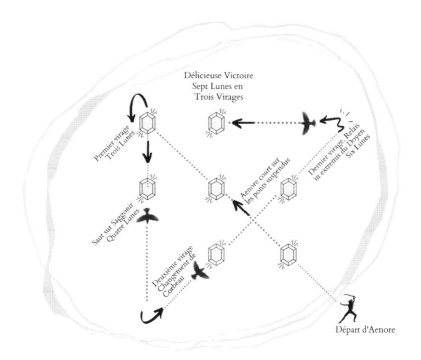

— Bravo Aenore, quel panache ! Seul deux Druides ont réussi cette épreuve avant toi. Ekforn et Nérath.

Nérath a donc l'amitié des Corbeaux.

— Pourquoi soutenez-vous le Grand Ordonnateur ?

— Le Grand quoi ?

— Le Grand Ordonnateur Imperial, Nérath.

— Aaah, celui-là. Les hommes et leurs titres, se moqua Saggonir, il a passé l'épreuve donc il mérite autant notre amitié que toi.

Le temps n'avait pas la même valeur pour les Corbeaux, ils vivaient l'équivalent de centaines de vies humaines. Ils ne prenaient jamais part dans les affaires humaines ou même elfiques. Les hommes se mêlaient-ils de la vie des mouches ou des souris ?

— Tu as gagné ta liberté, où veux-tu aller ? Je serais ravi d'être ton carrosse.

— Tant que je suis ici. Il y a quelque chose que je voudrais observer, au sud de l'île de Bonneterre. Peux-tu m'y emmener ?

— Une balade, chouette ! Allons-y...

Ils s'élancèrent et prirent de la vitesse en frôlant les pente du volcan Kraa. Curieusement, l'encolure du Corbeau Géant était bien confortable.

Les reflets oranges du soleil levant tranchaient en deux l'immense Mer Tourmentée. Les Lunes d'Horalis disparaissaient petit à petit dans le ciel.

Contrairement à son nom, la Mer Tourmentée était calme comme un lac ce matin.

Ils volèrent toute la journée et toute la nuit. Au petit matin, ils se posèrent sur l'île de la Tourmente, au sud-est de Bonneterre. Les rayons du soleil matinal caressaient les côtes de l'Île, et révélaient le discret relief des rases collines.

— Nous allons passer la journée ici, fit Saggonir, je préfère voler la nuit pour passer inaperçu.

— T'as vu cette lueur bleue à l'horizon ?

— Ouaip, on ira voir ça de plus près cette nuit.

Ils dormirent la majeure partie de la journée.

Le soir venu, Saggonir pêcha quelques délicieux bars qui se nourrissaient au ras de la surface. Aenore les mangea cru, car un feu aurait trahit leur présence.

Le soleil disparaissait enfin derrière l'horizon, ils reprirent les airs pour s'approcher de cette étrange lueur lointaine.

Un large rayon bleuté persillé de filaments roses qui crépitaient et clignotaient se dressait droit devant eux comme une colonne de lumière qui montait jusqu'aux étoiles.

Un bourdonnement sourd s'amplifiait à mesure qu'ils approchaient de la tour.

Saggonir fit un passage au ras du rayon. La couleur était envoûtante, hypnotisante comme si rien au monde n'était plus beau. Mais le danger était invisible. Aenore sentit son champs de vision se rétrécir, la lumière devenait éblouissante. Ses tempes battaient au rythme de son cœur. Elle se sentit partir en arrière, perdit l'équilibre et glissa de l'encolure de Saggonir, dans le vide.

Elle chutait comme un pantin désarticulé. Le vent sifflait dans ses oreilles, ce qui lui fit reprendre rapidement ses esprits.

Le ciel, le sol, la tour, le sol… Qu'est-ce que ?

Même une Elfe mourrait à coup sûr après une telle chute.

Elle se retourna puis écarta les bras pour stabiliser sa descente. Quelques pieds plus haut, Saggonir la suivait en piqué. L'air sifflait entre ses magnifiques plumes noires comme une sirène.

Aenore sentait sa dernière heure venir, une fois de plus, cela devenait une habitude.

Puis, comme par magie, une masse sombre se glissa sous elle et la réceptionna sur son encolure.

— C'était moins une… fit le corvidé, qu'est-ce qui s'est passé ?

— Aucune idée, tout est flou. Tu m'as sauvé, merci ! On peut se poser maintenant ?

— Ouais... ça tombe bien, on est assez près du sol maintenant.

Aenore pouffa.

Ils atterrirent sur le flanc d'une colline à proximité de la Tour des Damnés. De là, ils pourraient observer l'étrange phénomène sans se faire repérer.

Un grondement sourd et une indicible odeur d'ozone flottaient en permanence dans l'air, comme après un orage.

Vu du ciel, Aenore avait remarqué que la terre prenait une triste couleur grise aux environs de la tour, la vie semblait s'évanouir. Dépossédés de leurs feuilles, les arbres exposaient tristement leur silhouette nue.

La même lueur bleue persillée de filaments roses s'évaporait du haut de la tour vers le ciel.

— Je n'ai jamais rien vu de tel, dit Aenore.

— Moi si…

Bien qu'il soit difficile de déchiffrer les signes d'émotion dans les yeux d'un Corbeau Géant, Aenore comprit que cette chose l'inquiétait.

— Où ça ? demanda Aenore.

— T'en parler irait à l'encontre de la Korax Nomos.

— La quoi ?

— La Korax Nomos, notre code de conduite.

— Encore vos lois...

— Oui, et les transgresser est très grave et peut être puni par un bannissement permanent de Kraa'Terra.

— Est-ce que ta Korax Nomos t'empêche de me laisser observer ce qui se passe de plus près ?

— Non.

— Alors à tout à l'heure !

Aenore profita de l'atmosphère sombre de la nuit pour se faufiler d'arbre en arbre, aussi discrètement qu'une souris, jusqu'à l'entrée de la tour.

Le grondement s'amplifiait de plus en plus.

L'odeur d'ozone devenait insoutenable et lui donnait la nausée.

Continue, tu dois savoir ce qui se trame là-dedans…

Elle pénétra dans la tour et déboucha directement dans une gigantesque salle. L'étrange rayon lumineux provenait du sous-sol et était guidé par d'épais murs en pierres polies vers le ciel.

Le haut de la tour n'était qu'un trou béant ouvert sur les étoiles.

Des bribes de conversation ainsi que le son de l'acier contre l'acier venait de l'étage inférieur. Aenore observa autour d'elle et vit l'entrée d'un escalier dans les murs.

Je dois savoir…

Elle s'y aventura.

À mesure qu'elle descendait, elle saisissait des fragments de conversation entre les bruits d'acier et les cris de douleur qui, bizarrement, lui parvenaient avec une certaine régularité, comme si ça venait d'une chaîne de montage : "Nous redoublons d'efforts… armée qui ne saigne pas saigne encore…".

Une lueur bleue rayonnait sur les murs de l'escalier.

Avec une discrétion digne des siens, elle se cacha derrière quelques tonneaux à la sortie du colimaçon, elle jeta un coup d'œil entre les barils.

Quelle horreur !

Au milieu de l'immense salle, un haut fourneau produisait l'étrange lueur bleue. Au centre de la machine, une boule d'énergie flottait entre des tubes métalliques et projetait un rayon vers le bas dans un portail comme un rideau de lumière bleue.

Des dizaines d'hommes, tous vêtus du même uniforme, passaient à travers le portail. Aenore serra les mâchoires en observant l'horreur. Environ toutes les trois secondes, un individu s'engouffrait dans le portail pour ressortir de l'autre côté. Sa silhouette devenait floue et un colosse abattait son épée sur son épaule et la ressortait vers la hanche avec une cadence industrielle.

Les hommes hurlaient de douleur à chaque fois mais ne montraient aucune blessure. L'acier passait au travers de leur corps sans faire la moindre goutte de sang.

L'Imperium créait une armée de soldat immunisés contre la perforation.

Une armée qui ne saigne pas...

Quelle horreur… Comment combattre une armée qui ne peut mourir par l'épée ?

Devant une telle abomination et à cause de la forte odeur d'ozone, Aenore se sentit soudain très mal. Son estomac se contracta, puis un fort goût acide, amer et salé lui vint dans la bouche.

Non pas maintenant…

Elle vomit le délicieux bar. Et, l'un des techniciens l'entendit.

— Alarme ! Quelqu'un nous espionne !

Elle reprit son souffle et courut vers l'entrée de l'escalier mais un garde la fit trébucher. Elle lança alors son poignard en direction de la boule d'énergie.

Instantanément, une multitude d'éclairs éclata dans toute la pièce dans un fracas de sons stridents, tuant plusieurs gardes et machinistes. Elle sentit une vive douleur au bras droit, mais ne s'en soucia pas.

La machine avait stoppé, les techniciens s'affairaient. Le désordre était suffisant pour s'enfuir. Elle saisit sa chance et remonta les marches de l'escalier quatre à quatre :

— Saggonir ! Aide moi…

Ayant entendu le bruit infernal qu'Aenore avait causé, le Corbeau volait déjà à son secours. Il passait en rase motte près de l'entrée de la tour.

L'Elfe sortait déjà de la tour et sprintait à grandes enjambées. Une fois à hauteur de Saggonir, elle bondit habilement sur son encolure. Le danger s'éloignait derrière eux alors qu'ils prenaient la direction du retour.

Une douleur vive, comme une brûlure s'éveilla dans le bras droit d'Aenore. Elle leva sa manche pour regarder.

Je… je vois à travers ma main !

11

Les Ailes Noires

Pendant ce temps, au sud de la Vallée Sanguine, l'Inattendu et sa précieuse cargaison d'Odelune de contrebande faisait route vers le nord. Heskenga tenait la barre, bien secondé par Foern'k qui prenait des allures de Commandeur sur son épaule. On aurait presque dit que le Druide suivait les ordres de son capitaine aux ailes blanches. Edhelja s'affairait sur le propulseur tribord :

— Passe-moi un coupleur de propulsion et un tube de graisse. Ça devrait tourner rond maintenant.

Quelques minutes plus tard, le pousseur tribord rugissait de toute sa puissance et démarrait au quart de tour.

— Yeehaa ! fit Diyana.

Mais l'euphorie fut de courte durée. Devant eux, l'Aile Noire, fleuron de la flotte de l'Imperium, leur barrait la route. L'immense aetherscaphe apparut dans le ciel comme s'il avait toujours été là mais invisible.

Le pauvre équipage de l'Inattendu n'avait aucun répit, car déjà un flot de moto-ballons déferlait dans leur direction. Diyana reprit la barre :

— Cramponnez-vous ! fit-elle.

— Kron'Entrop ! incanta Heskenga.

Le temps s'arrêta pendant quelques secondes, Heskenga regarda dans la direction de l'Aile Noire, il sentait la présence du Grand Ordonnateur.

Les deux Druides se connaissaient bien car Heskenga avait été son professeur à l'école des Druides. Il se souvenait avec nostalgie de son ancien apprenti, un brillant élève, toujours premier, toujours attentif aux détails, ne laissant jamais de place à l'imprévu. Mais aujourd'hui, Nérath était devenu un ennemi très dangereux, et il savait qu'il était le seul capable de le ralentir.

Il prit quelques secondes pour parler à Edhelja :

— Je dois affronter Nérath, c'est inévitable, si jamais je ne reviens pas, réveilles Rocquarr, il t'aidera…

— Maître attendez...

Trop tard, Heskenga avait déjà pris sa forme animale, une splendide chauve-souris noire de taille humaine.

Il déploya ses ailes noires pour fondre sur l'aetherscaphe. Il se faufila au travers du ballet de moto-ballons qui reprit de plus belle, et envoya plusieurs aethéronefs au sol puis il s'introduit dans le sas de lancement de l'Aile Noire et reprit sa forme humaine.

Il saisit le premier soldat par le cou, le souleva :

— Où est Nérath ?

— …

— J'ai vu que vous vous êtes trouvé un nouvel apprenti, fit Nérath en sortant d'une porte au fond du hangar.

Heskenga laissa retomber le soldat inconscient sur le sol.

— Eh oui, l'ordre des Druides se renforce… répliqua Heskenga.

— Toujours pas prêt à accepter l'inévitable ! Votre misérable petit ordre est fini et compte ses dernières heures.

— Toujours aussi négatif Nérath ! Aussi brillant que tu pouvais l'être, il y a une chose que tu n'as jamais vraiment compris… Apprécier l'instant !

— Oh, j'apprécie ce moment ! Et le prochain aussi lorsque j'en aurai fini avec vous. Ensuite, je m'occuperai de votre petit protégé.

— Ça n'arrivera pas !

Ils se déplaçaient sans se lâcher du regard, attendant que l'autre attaque. Nérath ressentait une haine profonde à l'encontre d'Heskenga car ils avaient déjà combattu par le passé, et Nérath avait perdu sa main lors de la bataille.

Drakaric l'avait alors recueilli et lui fit faire une main mécanique mais Nérath ne pouvait plus jeter de sorts. Il avait dû tout réapprendre depuis zéro.

— Grâce à vous, Drakaric m'a initié aux arts obscurs et fait de moi un Druide bien plus puissant... Voici un avant-goût de mes pouvoirs !

La main mécanique de Nérath s'ouvrit. Un halo de lumière bleu gris clair apparut au creux de sa paume. Des éclairs roses éclataient entre ses doigts. Heskenga reconnut la couleur typique de l'Odelune noire. Il leva les yeux vers son adversaire.

— Par Ekforn, tu t'es entièrement livré aux ténèbres... déplora Heskenga.

— Erreur, les ténèbres sont à notre service pour construire un monde de paix. Et les opposants doivent être éliminés !

La boule d'énergie dans la main de Nérath se reflétait dans ses yeux, et lui donnait une allure terrifiante et déterminée. Il attaqua le premier, tendit le bras et propulsa un rayon continu.

— A Houchis ! hurla Heskenga pour invoquer son bouclier.

La lumière ambiante diminua comme lors d'une éclipse, absorbée par la magie de Nérath.

Le vieux Druide para le flot d'énergie en le divisant en deux. Des moto-ballons explosèrent au contact du rayon, ce qui transforma la pièce en zone de chaos.

Heskenga disparut soudain, surprenant Nérath qui cessa son attaque.

— Vous vous cachez ? Auriez-vous peur de combattre ?

— L'Odelune noire t'a complètement perverti !

— Vous reconnaissez la source de mon incroyable pouvoir.

— Comment as-tu déjoué la surveillance des Corbeaux Géants pour obtenir cette horreur ?

— Haha… Vous aimeriez bien le savoir ? La bonne monnaie d'échange et la ruse ouvrent bien des portes...

Heskenga apparut soudain dans le corridor qui menait à la salle des machines :

— Meteor'Kan ! fit-il.

Tous les débris de moto-ballons se mirent à flotter dans les airs puis converger vers Nérath. L'un d'eux le frappa au visage avant qu'il n'invoque son bouclier, une fine coulée de sang apparut sur son arcade. Il se toucha le front, regarda ses doigts et éclata de rire, un rire terrifiant.

Son visage se transformait, deux longs crochets de serpent sortaient de sa mâchoire supérieure et retombaient sur sa lèvre inférieure. Il maintenait son bouclier et avançait droit sur son adversaire.

Des centaines de serpents sortirent de son avant-bras, ondulèrent sur le sol et fondèrent sur Heskenga. Leurs sifflements se répercutaient sur les parois du corridor et s'amplifiaient avec l'écho.

Le Druide sortit sa serpe et la maniait avec une telle virtuosité qu'il décapitait les reptiles un par un, mais le nombre les rendaient plus forts. Heskenga réculait inexorablement et l'un d'eux parvint à enfoncer ses crocs chargés de venin dans sa cuisse, sa vision se troubla rapidement puis des vertiges l'envahirent.

Le serpent relâcha sa prise et se dirigea vers Nérath qui le saisit par le cou et le serra avec ses doigts pour qu'il ouvre la gueule. Il sortit une petite fiole de sa poche et l'apposa contre les crocs du reptile pour récolter une goutte de sang de Heskenga qui de son côté luttait contre les effets du venin.

Vite, se soigner…

— Yaom Ess !

Il lança une nuée de chauve-souris sur son ennemi, comme un écran opaque noir pour que son sort de soin ait le temps d'agir. Il s'achetait ainsi quelques précieuses secondes.

Les petits mammifères aux ailes noires harcelaient Nérath dans un tourbillon de cris extrêmement aigus et de micro morsures, ce qui brouillait efficacement ses sens.

Il frappa alors son bâton sur le sol et une sphère bleue et rose explosa autour de lui vaporisant chaque chauve-souris.

— C'est tout ce que vous avez mon cher maître ? Le temps vous a ramolli ! Vous ne pouvez rien faire pour changer le cours des choses, de grands changements sont à venir. L'âge des Druides sera très bientôt de l'histoire ancienne.

— Toi et ton empereur pouvez plonger le monde dans les ténèbres. Il suffit d'une seule bougie pour que l'espoir perdure…

— Vous faites sans doute allusion à votre petit protégé. Je m'occuperai de lui promptement et le monde sera enfin débarrassé de la Druidiarchie.

Heskenga avait attiré son ancien élève en plein cœur de l'aethéronef.

— Réfléchis bien, si tu me détruis, tu donneras à la Résistance encore plus de force pour te combattre…

— Hahaha, et bien vous ne serez pas là pour le voir.

Cette fois-ci des milliers de serpents jaillirent du mage noir, de ses bras, des murs et du sol. Puis il invoqua son rayon bleu et rose qu'il tira sur Heskenga avec toute sa puissance.

Trop occupé à se défendre face aux serpents qui le mordaient, le pauvre druide reçu le flot d'énergie en pleine poitrine, mais il restait debout et fixait son adversaire dans les yeux.

Son corps devenait transparent.

— Zo Tanatha ! fit Nérath.

Heskenga ferma les yeux... pour toujours !

Merci…

Il était toujours debout, face à Nérath, en lévitation à quelques centimètres du sol. Le mage serpent attendait la fin de son maître, la fin du légendaire Heskenga.

C'est alors qu'une fine craquelure apparut sur le torse du Druide, laissant échapper une lumière blanche d'une intensité inouïe.

— Qu'est-ce que…? NON !!! fit Nérath comprenant la dernière ruse de son maître.

Une rune lumineuse "Thusia Oss" qui signifiait sacrifice flottait au-dessus de Heskenga. Nérath eut juste le temps de couvrir son visage et invoqua son bouclier. Moins d'une seconde plus tard, BOOM !

12

Pour Une Poignée d'Écailles

Sur l'Inattendu, Edhelja tirait toutes les flèches qu'il pouvait sur les moto-ballons avec son arc à serpe lorsqu'il aperçut l'Aile Noire imploser sur elle-même et se volatiliser.

— Noooooooooooon !

Le souffle balaya chaque moto-ballon dans les environs. Edhelja invoqua son bouclier "A houchis" par réflexe pour protéger l'Inattendu. Mais intérieurement il avait reçu une lance en plein cœur...

Maître, comment faire sans vous ?

Diyana finissait de foudroyer les moto-ballons restantes. Ils avaient remporté une grande victoire en terrassant le fleuron de la flotte impériale, une nouvelle qui allait faire du bruit et sûrement rallier de nouvelles recrues pour la Résistance, mais à quel prix ?

L'Imperium, encore lui, venait de lui prendre un autre être cher. Mima, Aenore, maintenant Heskenga.

C'est moi qui aurait dû mourir…

Assis sur la proue de l'aetherscaphe, il observait Diyana qui regardait l'horizon derrière sa longue vue.

Il l'a connaissait encore à peine, mais allait-elle aussi être victime de l'implacable Imperium ? Il lui semblait que tous ceux dont il était proche tombaient les uns après les autres.

— Je suis désolée ! fit Diyana

— À quoi bon ? Tu devrais me laisser là et reprendre ton chemin seule, chaque personne qui reste trop longtemps avec moi finit par disparaître.

— Eh, reprends-toi Edhelja ! Heskenga savait où il allait, il s'est sacrifié pour que tu puisses vivre.

— Pourquoi ? Pourquoi moi ?

— Parce qu'il croyait en toi ! Tu n'as pas le droit de le laisser tomber. Renoncer maintenant rendrait toutes ces morts inutiles ! C'est ce que tu veux ? Tu ne peux pas abandonner, Edhel ! Tu dois être fort ! Ta tête est maintenant affichée à 5 millions de Drasks. Tu es celui qui a survécu à l'Imperium, l'espoir de tout un peuple !

— Je suis qu'un petit mécano des pentes d'Antoppe !

— C'est exactement pour ça que tu inspires les gens, Edhel…

Diyana laissa Edhelja seul avec ses pensées. Elle reprit la barre avec son fidèle Foern'k sur l'épaule.

La nuit avait étendu son drap au-dessus de la vallée sanguine. Les sept Lunes illuminaient le profond canyon d'un voile bleuté.

Diyana a raison… Je dois continuer le combat !

Il avait aussi compris, à la vue des derniers événements, qu'il ne pourrait rien faire seul. Il fallait qu'il rencontre la Résistance. Comment les contacter ?

Aenore n'était plus là pour lui montrer leur base secrète et faire les présentations. Il se souvint alors des derniers mots d'Heskenga :

— Réveille Rocquarr…

Ils avaient maintenant suffisamment d'Odelune pour sortir un dragon de son hibernation.

— Diyana, nous devons retourner à l'endroit où nous nous sommes rencontrés la première fois.

— Tu veux dire là où je t'ai fait mordre la poussière ?

Un petit sourire apparut sur le visage tendu d'Edhelja.

— Ouais là-bas… et nous devons contacter la Résistance. Sais-tu où est leur base ?

— Non.

Foern'k agita ses ailes puis croassa bruyamment. Il lança un regard aux deux passagers de l'Inattendu. Il prit son envol et s'éloigna rapidement.

— Je crois que ce qu'il veut dire, c'est qu'il s'en occupe.

— Hein ? Comment sais-tu qu'il a compris quelque chose ?

— À chaque fois qu'il fait ça, il débloque un problème.

— Depuis combien de temps tu as ce corbeau ?

— Je l'ai toujours connu, il a toujours été dans notre famille et il est la seule chose qui me reste depuis que mes parents ont disparu !

— Quel âge a-t-il ?

— Aucune idée, mais sûrement plus que toi ou moi !

Après un long silence à observer la beauté de la Vallée Sanguine, Diyana reprit :

— Alors quel est ton plan ?

— Réveiller un dragon !

— Quoi ? Hors de question, ils sont féroces et dangereux.

— Dis plutôt qu'ils ne t'apprécient pas beaucoup à cause de ton trafic d'écailles.

— Je veux pas être dans les parages quand tu le réveilles !

— Malheureusement, tu n'as pas le choix ! Il faut qu'on soit deux. Pour qu'un dragon se réveille en douceur il faut lui verser une fiole d'Odelune de chaque côté de son museau précisément au même instant. Sinon son réveil peut être cataclysmique! Je te protégerai si ça tourne mal.

Diyana savait qu'un Druide avait le pouvoir de raisonner les animaux, mais malgré tout, l'idée d'être brûlée vive ou écorchée par une griffe de sa taille germa dans son esprit et la terrorisait.

— Si ça tourne mal, t'es marrant toi… mais je te dois bien ça ! Allons-y…

L'Inattendu voguait dans la vallée Sanguine, moteur à fond et s'approchait du Pont Suspendu.

— Atara'Xia, prononça Edhelja pour rendre le ballon furtif aux yeux des gardiens du Pont des Mille Ballons.

Le viaduc était un chef-d'œuvre du génie industriel humain. Des centaines de tubes verticaux acheminaient la chaleur de la lave du fond de la vallée jusqu'aux ballons. L'énorme machine inspirait de grandes bouffées d'air chaud dans un ronflement permanent, puis les recrachait dans ses ballons pour faire flotter des milliers de lattes en bois liées par un complexe enchevêtrement de cordes. La largeur de l'édifice ne permettait pas le passage de plus de deux hommes de front.

Furtivement, l'Inattendu se faufila sous le viaduc, tous feux éteints pour ne pas attirer l'attention.

Au petit matin, ils arrivèrent en vue de la caverne de Rocquarr.

— Prête ?

— À mourir ? …Non !

Diyana amarra légèrement l'Inattendu, ce que remarqua Edhelja :

— On ne sait jamais, si on doit s'enfuir rapidement. Mon vaisseau est le plus rapide d'Horalis ! fit la jeune femme.

— Contre un dragon ? Tu planes !

Il entrèrent dans la grotte, Diyana avait pris soin de bien enfiler son casque de protection contre le pouvoir télépathique des Dragons.

La chaleur ambiante, amplifiée par la respiration humide de Rocquarr, rendait l'atmosphère de la caverne suffocante.

— Rocquarr...

Edhelja martela le museau du géant qui était profondément endormi. Il insista, le dragon renifla deux à trois fois.

— Attention, il va éternuer...

Le jeune Druide se jeta contre la paroi de l'antre mais Diyana fut prise de court et reçut de plein fouet le souffle qui lui fit faire un vol plané jusqu'à l'entrée de la grotte.

— À tes souhaits mon vieux, fit gentiment Edhelja, il est l'heure de se réveiller.

Pour toute réponse, il ne reçut qu'un long grognement. Comprenant qu'il faudrait une alarme un peu plus forte pour tirer le géant de sa sieste, Edhelja ouvrit une fiole d'Odelune qu'il agita sous ses naseaux.

— Mmmmmmmmh… quel délicieux parfum !

— Prêt pour reprendre du service ?

— Rien ne me ferait plus plaisir !

— J'ai une seule condition…

— Je t'écoute.

— Une femme m'accompagne, la dernière fois que tu l'as vue, elle te volait des écailles.

— Et tu me l'amènes en cadeau ? Je vais la déchiqueter !

— Non justement, ne la tue pas. Elle s'est avérée d'une grande aide ces derniers jours.

— Ce que tu me demandes est difficile, mais si c'est le prix de ma liberté je respecterai ton souhait. Versez cette Odelune que je me dégourdisse les ailes.

— Prête Diyana, à trois.

Ils versèrent le liquide bleu jusqu'à la dernière goutte.

L'immense paupière s'ouvrit dans un nuage de poussière. Son iris était d'une couleur vert émeraude et strié de bandes noires qui convergeaient vers la pupille.

Rocquarr souleva son énorme masse, ce qui fit chuter des pierres dans la grotte. Des années d'érosion avait enfoui la majeure partie du corps du dragon sous de lourds tas d'éboulis. On aurait dit qu'un violent tremblement de terre secouait la Vallée Sanguine.

Diyana et Edhelja coururent se réfugier sur l'Inattendu pour se protéger.

Rocquarr finit par sortir de terre, déploya ses ailes gigantesques en occultant le soleil. Il tendit son bras vers l'Inattendu et saisit Diyana dans ses griffes acérées.

— Tu m'as promis que tu ne lui ferais rien, hurla Edhelja !

— J'ai seulement promis que je ne la tuerai pas, mais je peux m'amuser un peu.

Il s'envola, fit quelques tours pour prendre de l'altitude et plongea en piqué. Edhelja courut vers le bord de la falaise pour garder un œil sur le dragon qui volait en rase-motte au fond de la vallée.

Quelques minutes plus tard, il réapparut avec un scolopendre long comme deux hommes qui se tortillait entre ses crocs.

Sur ses griffes, en lieu et place de Diyana, de la lave en fusion gouttait sur le sable.

13

Résistance

— Où est-elle ?! rugit Edhelja.

— Je la laisse doucement mijoter entre deux coulées de lave.

— T'es fou, elle va mourir.

— Ainsi est la punition pour oser m'arracher des écailles.

— T'avais promis de ne pas la tuer.

— Exactement, mais la lave n'a rien promis elle…

— Je t'ordonne de redescendre la récupérer.

La bête ignorait complètement le jeune Druide. Bien rare étaient ceux qui pouvaient donner des ordres aux dragons. Il fallait d'abord gagner leur respect.

— Très bien, j'irai seul, fit Edhelja devant l'attitude bornée de Rocquarr.

Mais au même moment, Foern'k arrivait en vol plané, suivi d'un perroquet noir à crête rouge. Le corbeau blanc se posa sur le museau du dragon et croassa comme à son habitude. Il avait l'air furieux. Rocquarr s'envola et revint quelques minutes plus tard avec Diyana, assise comme une princesse sur son encolure.

Quoi ? Rocquarr obéit à Foern'k ?

Tout le monde était maintenant réuni. Diyana était heureuse d'être en vie. Avec le temps, elle ne comptait plus combien de fois son oiseau lui avait sauvé la mise.

Le perroquet prit la parole :

— Je m'appelle Tom. Puis-je prendre votre message ?

— Qui c'est celui-là ? demanda Edhelja.

— Il semblerait que Foern'k ait trouvé un moyen de contacter la Résistance, fit le dragon.

— Ok très bien, Tom, peux-tu prendre un message ?

Le facteur à plume secoua la tête de haut en bas avec un bruyant enthousiasme.

— Adressé à la générale en chef de la Résistance. Je suis Edhelja, dernier des Druides. Malheureusement, nous venons de perdre l'immense Heskenga et l'Imperium a capturé l'une de vos agentes, Aenore, qui m'a été d'une aide infinie. Requiers une prise de contact immédiate pour vous apporter mon soutien. Nous serons dans deux jours à la mer verte de Glecba. Je vous attendrai sur le port, au soleil couchant.

— Mot de passe ?

— Quel est le nom de mon père ? Eär Dorell.

— En route ! fit Tom avec autant de sérieux dont un perroquet était capable.

Il s'envola vers le nord.

— Nous aussi, nous devons nous mettre en route, fit Edhelja.

Il devait maintenant prendre les décisions, mener Rocquarr à la Résistance pour apporter son aide. Diyana et Foern'k remontaient à bord de l'Inattendu lorsque le dragon s'adressa à Edhelja.

— Tu as eu du cran de me tenir tête tout à l'heure, auras-tu aussi le cran de voler avec moi ?

— Malheureusement je ne suis pas très à l'aise en hauteur alors je préfère l'aetherscaphe. Sans vouloir t'offenser, le sol y est plus stable.

— Mon Druidounet aurait-il peur ?

— Non…

— Mais ?

— Je suis un loup et un loup ne vole pas, c'est contre-nature.

— Tu es un Druide, tu es contre-nature ! Et tu as tort, l'instinct du loup et la férocité du dragon font très bon ménage, nous formerions un duo redoutable.

— …

— Pense à ton Maître, voudrait-il te voir ainsi ? Et de toute façon, je dois te parler, allez, grimpe, fit-il en baissant l'échine.

— Bon d'accord, mais pas d'acrobaties.

Pour toute réponse, le dragon se contenta d'un clin d'œil du plus grand effet.

Edhelja savait bien qu'il n'avait pas le choix.

Le jeune homme grimpa sur l'encolure de l'immense bête. D'un geste brusque, le Dragon l'envoya rouler dans la poussière quelques pieds plus loin.

— Aïïïïe ! s'énerva-t-il.

— Quoi ? demanda Edhelja confus.

— J'ai la chair à vif et tu fous le pied en plein dedans ! Les écailles que ta petite protégée m'a volées n'ont pas encore cicatrisées !

Pour Edhelja, il n'y avait pas de grandes différences d'apparence entre les écailles et la chair de dragon, mais il monterait de l'autre côté pour être sûr.

— Ça va cette fois ? Je ne voudrais pas faire de chatouilles à votre douce majesté, osa Edhelja avec arrogance.

— Haha, t'as d'la chance que je t'aime bien petit !

Le dragon étendit ses ailes, courut quelques mètres et se jeta dans le vide de la Vallée Sanguine. Après quelques secondes de chute libre, l'air commençait à siffler dans les écailles de la bête et il battit de ses grandes ailes.

Ne regarde pas en bas, ne regarde pas en bas…

— Tu sais que j'entends ce que tu penses ? fit Rocquarr.

— Oui je m'en suis rendu compte.

— J'ai un bon remède pour toi.

— Ah oui ? Lequel ?

— Me faire confiance…

Le ton insidieux du dragon n'inspirait pas du tout Edhelja. Il comprit très vite la brutalité du remède lorsque l'animal monta en chandelle dans le ciel et bascula sur le côté, se retourna puis se laissa tomber en chute libre en repliant ses ailes le long du corps.

— Aaaaaah, qu'est-ce tu fais ? paniqua Edhelja.

— Tu dois être digne de ton rang de Druide ! Domine ta peur Edhelja. Ferme les yeux, respire profondément, centre ton attention sur les éléments autour de toi.

— C'est impossible avec autant de turbulences, j'peux pas me concentrer.

— Je ne t'ai pas demandé de te concentrer mais de te centrer.

— Quelle différence ?

— Quand tu te concentres tu cherches activement à réunir tes forces, quand tu te centres tu laisses les forces de l'univers venir à toi.

Le dragon continuait ses acrobaties tout en entretenant la conversation avec Edhelja. Cela paraissait insensé, mais le jeune Druide trouvait un certain calme en fermant les yeux. Il accordait plus d'attention à ses autres sens.

Rocquarr changeait alors brusquement de direction et Edhelja ressentait à nouveau de la peur. Ils firent cet exercice pendant une bonne heure.

Depuis son Inattendu, Diyana les suivait et riait intérieurement en voyant le traitement infligé à son ami.

Enfin le dragon reprit un vol plus stationnaire puis entama un rapide cours sur le cycle des Sept Lunes et l'Adakwi Loukno.

— Nous renouvellerons ce type d'exercices bientôt, quand tu auras repris des forces… maintenant écoute attentivement ce que je vais te dire.

Bien qu'extenué par le traitement qu'il venait de subir, Edhelja savait en son for intérieur qu'il devait passer par cet apprentissage. Derrière cette brutalité, il sentait la bienveillance de Rocquarr.

La route était encore très longue et semée d'obstacles. Maintenant qu'Heskenga n'était plus là, il fallait se hisser à son niveau et même plus, il n'y avait pas d'autres Druides pour reprendre le flambeau.

— À l'origine des temps, sept éléments donnèrent naissance au monde : L'Iska (l'eau), l'Aidu (le feu), la Dijarā (la terre), le Weto (l'air), le Dusjo (l'esprit), l'Anaman (l'âme) et le Soito (la magie). Sept éléments, Sept Lunes, lorsqu'elles s'alignent, le septième élément, le Soito, produit l'Odelune Sacrée. Tu dois apprendre à écouter les sept éléments, tu en tireras de précieuses informations pour tes combats à venir. Tu peux repérer ceux qui te poursuivent comme ceux qui te sont chers... t'immiscer dans leur esprit par exemple.

— Heskenga m'en a parlé une fois mais ne m'a jamais expliqué.

— Je pense qu'il l'aurait fait mais il ne te sentait pas prêt. De plus vous n'aviez pas suffisamment d'Odelune. Car rien de tout ça n'est possible sans Odelune, et suivant la distance ou l'habileté de ta cible à se dissimuler des éléments, tu dois consommer plus ou moins d'Odelune. Par exemple Nérath est un expert pour se camoufler, il te faudrait utiliser une trop grande quantité d'Odelune qui te tuerait si tu voulais t'immiscer dans son esprit.

— Et pour le localiser ?

— Sans doute pareil... Je vais voler calmement à présent, ouvre-toi au Soito et dis-moi ce qu'il se passe.

Edhelja fit le vide, centra son attention sur le vent d'abord, dans ses cheveux puis sur sa peau. Il sentit les battements d'ailes d'un pigeon qui croisait non loin, puis la vie d'une mouche se terminer brutalement en s'écrasant sur le croc gauche de Rocquarr. Et enfin, la chaleur et la puissance du cœur de sa monture. Chaque espèce avait sa propre signature.

Son esprit était libre, passant d'espèces en espèces, de troupeaux en troupeaux. Puis il sentit une présence familière :

— Aenore !

— Qu'y a-t-il ?

— Aenore, elle est blessée, j'ai ressenti sa détresse.

— Qui est-ce ?

— Alors, ça veut dire qu'elle est vivante…

— Qui est Aenore ?

— Une… euh, ma sœur ! Mais je n'arrive pas à la localiser.

— N'essaie surtout pas ! Tu ne maîtrises pas suffisamment le Soito, tu as déjà vu les effets secondaires de l'Odelune je me trompe ? Tu risquerais de te mettre en trop grand danger. Fini les exercices pour aujourd'hui.

— Tu rigoles ? Je veux savoir où elle est, s'il y a une chance de la sauver je veux tout tenter pour la retrouver. J'ai senti qu'elle était en grande souffrance.

— Des millions de personnes ont besoin de toi Edhelja, tu dois te focaliser sur ta mission. Rejoindre la Résistance pour s'emparer des récoltes d'Odelune. L'Adakwi Loukno est dans quelques jours à peine. Et je suis sûr que la Résistance t'aidera à la retrouver en retour.

Rocquarr avait raison mais cette pensée ne quittait pas le jeune homme.

Le dragon s'ouvrit alors au Soito, sa résistance à l'Odelune était bien plus grande. Il se connecta aux souvenirs du jeune homme puis projeta son puissant esprit sur Horalis. Il se laissa vagabonder, beaucoup de choses avaient changé après plus de vingt-trois ans d'hibernation. Mais il restait focalisé sur l'image d'Aenore qu'il piochait dans la mémoire d'Edhelja.

Il sentit un point d'attraction venant d'une zone complètement incongrue pour une elfe. Kraa'Terra, l'Ile des Corbeaux Géants.

Bien avant les Hommes, les Elfes ou même les Nains, les Dragons et les Corbeaux étaient les seules créatures intelligentes d'Horalis.

Aenore était en souffrance mais en sécurité.

Ce qui était curieux c'est qu'elle parlait avec un Corbeau Géant. D'habitude, ces créatures étaient particulièrement désagréables et antipathiques pour les Dragons. Elles ne prenaient jamais part dans les conflits humains.

En tant que gardien d'Horalis, les Corbeaux avaient le devoir d'intervenir seulement si l'équilibre des choses était menacé. Et ce n'était encore jamais arrivé, même pendant le conflit millénaire qui opposa les Hommes aux Elfes. Ils étaient d'une extrême neutralité, ni bons ni mauvais, ni gentils ni méchants.

— Ton amie est en sécurité, mais nous ne pouvons rien faire pour elle pour le moment.

— Comment sais-tu qu'elle est en sécurité ?

— Elle séjourne sur l'Île de Kraa'Terra. Elle a su s'approprier la bienveillance des Corbeaux, elle ne craint absolument rien.

— T'en es sûr ?

— Absolument.

Le reste du trajet jusqu'à la mer verte de Glecba se déroula sans encombre.

Au moment prévu, un délégué de la Résistance se présenta au lieu de rendez-vous :

— Veuillez nous suivre s'il vous plaît, nous aimerions parler dans un lieu plus sûr.

— Qui êtes-vous ? demanda Edhelja.

— Un humble serviteur de la Résistance, je vais vous conduire dans nos quartiers généraux.

— Comment puis-je être sûr que vous êtes avec la Résistance ?

— Vous avez envoyé un perroquet avec la réponse à une question intime. Eliznor Dorell, la Générale m'envoie vous dire qu'Eär Dorell est votre père.

— Pourquoi n'est-elle pas venue en personne ?

— Votre invitation aurait pu être un piège...

— Je crois qu'on peut le suivre, fit Edhelja à Rocquarr.

Le dragon, à lui seul, se substituait à toute vérification d'identité.

Le soleil couchant sur la Mer Verte offrait un spectacle éblouissant. Les cimes enneigées des monts du Wassarior se teintaient de la couleur du soleil couchant.

Le délégué de la Résistance remonta sur sa moto-ballon. Edhelja fit signe à Diyana de les suivre. Ils volèrent à vive allure au ras des flots de la mer verte.

L'obscurité gagnait maintenant le ciel, les Sept Lunes se reflétaient sur les flots et découpaient la silhouette des montagnes sur le fond étoilé de la voûte céleste.

Ces mastodontes de pierre se dressaient devant eux comme une muraille infranchissable. Edhelja était subjugué, il n'avait jamais rien vu de tel. Même lorsqu'il voyagea avec Heskenga dans les montagnes du nord de la forêt du Gyhr.

On a passé notre temps sous terre...

Au milieu de la Nuit, ils arrivèrent à Bhon Bhuldir :

Ouf !

— Je sais, ça me fait toujours le même effet, même un dragon apprécie l'architecture des Nains.

Ils entrèrent dans un long fjord de la mer Verte, sur l'un des côtés se dressait une falaise entièrement recouverte de sculptures représentant des Nains à l'ouvrage, creusant la pierre, poussant un chariot, taillant une émeraude…

De l'autre côté, une gigantesque statue, qui représentait une figure royale Naine, était taillée à même le granite. Sa main droite, tendue en avant s'appuyait sur un bâton fait d'un immense pilier en pierre.

Edhelja en comprit rapidement la symbolique. Le regard bienveillant du puissant Roi sur ses sujets informaient les visiteurs qu'il ne laisserait personne faire du mal à son peuple.

Une immense grotte, comme un trou béant taillé en forme de porche servait de porte d'entrée. Des runes gravées autour reflétaient la lumière des Lunes d'Horalis. Rocquarr lut à voix haute :

— Étranger, bienvenue ! Ici tu recevras l'accueil qui correspond à tes intentions !

Une ligne en zigzag dans la falaise trahissait un escalier qui partait du niveau de l'eau où se trouvait un quai auquel était amarré quelques navires. L'entrée était suffisamment grande pour recevoir de front un dragon et l'Inattendu.

Autrefois, lors de la construction de Bhon Buldhir, les aetherscaphes n'existaient pas, mais les Druides chevauchant des Dragons venaient souvent rendre visite au peuple nain.

Les regards se tournaient vers Edhelja et son incroyable monture. Cela faisait plus de vingt-trois ans que personne n'avait aperçu un dragon. Même si les anciens avaient conservé de bons souvenirs, l'effet était toujours le même.

Les plus jeunes, quant à eux, avaient plein d'étoiles dans les yeux !

De plus la nouvelle des exploits d'Edhelja s'était déjà répandue comme une trainée de poudre dans les rangs de la Résistance. Il représentait l'espoir de la liberté.

Beaucoup s'étaient dépêchés dans le hall pour accueillir cet invité de marque. Au milieu de plusieurs conseillers, une femme de haute stature portait l'uniforme de la Résistance comme tous les autres soldats. Seule son aura trahissait sa position de leader. Elle s'approcha du jeune homme :

— Maître Dragon, Maître Druide, bienvenue ! Je suis Eliznor Dorell. J'aimerais vous accueillir avec les honneurs correspondant à votre rang mais nous avons malheureusement des tâches plus urgentes à régler.

— Je vous en prie Madame, ne m'appelez pas Maître, fit Edhelja dont les joues avaient rougies.

— Veuillez me suivre.

— Bien-sûr, le temps nous est compté, d'après mon Louknoscope, l'Adakwi Loukno est dans deux jours.

Ils marchèrent jusqu'à une salle qui surplombait l'immense hall d'entrée. Une ouverture permettait de voir les entrées et sorties et aux dragons la possibilité de participer aux discussions de l'état-major par la fenêtre. Plusieurs conseillers siégeaient dans l'amphithéâtre dont l'âtre était fait d'une table en pierre finement gravée d'une carte qui représentait Horalis.

— D'après l'un de nos informateurs, les récoltes d'Odelune seront transportées dans un aetherscaphe pour rallier au plus vite l'Ile Bonneterre. Nous savons que l'Empereur Drakaric prépare une vaste politique d'expansion, il aura besoin de grandes quantités d'Odelune pour servir son projet.

— Attaquons dès la sortie de la Porte du Gyhr, lança l'un des conseillers.

— Impossible, le convoi sera assuré par un Steostoon et des milliers d'hommes en assureront la protection.

— Et si on les attendait à Dra'Kan ? intervint Edhelja.

— C'est de la folie ! répliquèrent plusieurs conseillers.

— C'est bien pour cela que le plan a des chances de fonctionner, insista Edhelja.

— Je refuse que notre seul et unique Druide prenne autant de risques, hurla un conseiller au fond de l'amphithéâtre.

— Et si nos forces harcelaient l'ennemi pendant la récolte dans la forêt du Gyhr par petites frappes pour voler le maximum d'Odelune possible. L'Imperium pensera que lorsqu'ils auront passé Antoppe, ils seront tranquilles. C'est ce que nous devons leur faire croire en stoppant les escarmouches dès que nous avons récupéré "suffisamment d'Odelune" et que nos espions répandront la fausse rumeur que nous battrons en retraite. Vu la différence de forces entre l'Imperium et nous, l'audace est notre alliée. Rocquarr et moi attendrons tapis dans l'ombre l'arrivée de l'aetherscaphe entre Dra'Kan et Antoppe.

— Si l'Imperium ne te voit pas combattre à la Forêt du Gyhr, Nérath se doutera que nous avons préparé un piège. Tu dois combattre à la forêt et le montrer avec panache. Puis disparaître et réapparaitre au-dessus de la Mer Tourmentée, insista la Générale

— Je me joindrai à vous, fit Diyana, par contre j'ai besoin d'Hommes pour compléter mon équipage.

— Non Diyana, tu es notre atout vitesse, tu iras par le sud de la forêt où tu attaqueras les positions de l'Imperium. Les contrebandiers viennent toujours tendre des escarmouches dans cette région pour collecter de l'Odelune qui se revend à prix d'or au marché noir, ta présence ne paraîtra pas suspecte. Ensuite tu disparaîtras et tu rejoindras Edhelja et Rocquarr sur la Mer Tourmentée, raisonna la Générale.

— Rocquarr, penses-tu pouvoir voler de la forêt du Ghyr jusqu'à la Mer Tourmentée sans te faire repérer en seulement quelques heures ? demanda Edhelja.

— Cela paraît difficile !

— Par la forêt de Fohlala ?

— La Tour du Nord nous repérerait.

— En faisant le tour par la baie d'Ofineas ?

— Pas assez de temps.

— Tout droit par les plaines alors ?

— Nous nous ferions repérer avant d'arriver au-dessus de la Mer Tourmentée. À moins que…

— Quoi ?

— Seul je pourrais, mais avec toi, impossible.

— Dis-moi.

— Je peux voler haut, très haut mais tu mourrais à cette altitude, seul un puissant maître Druide pourrait y parvenir.

— Nous n'avons pas le choix, qu'est-ce que je dois apprendre pour survivre à ce voyage.

— Le réflexe d'hibernation, mais cela requiert des années de pratique.

— On a qu'une journée et pas d'autre choix ! Tu peux m'enseigner ?

— Je peux essayer, fit Rocquarr sans vraiment y croire.

— Et si j'invoquais un bouclier pendant toute la durée du vol ?

— Cela drainerait tes réserves d'Odelune et tu en consommerais une dose trop forte ce qui te rendrais complètement hagard au moment de combattre.

— Très bien, nous n'avons pas une seconde à perdre. Nous passerons les plaines du Gyhr par-dessus l'aéther et j'apprendrais l'hibernation, affirma Edhelja.

— C'est trop dangereux, temporisa la Générale Eliznor, nous ne pouvons prendre le risque de vous perdre.

— Et si l'Imperium met la main sur toute cette Odelune, ce sera encore pire ! Quelqu'un a une autre solution ? insista le jeune Druide.

Eliznor ne pouvait qu'accepter le plan d'Edhelja, elle avait beau tourner dans sa tête toutes les possibilités, rien d'autre ne lui venait.

— Diyana, tu pourras nous rejoindre sur la Mer Tourmentée ? demanda Edhelja.

— Foern'k et moi avons l'habitude de passer à travers les mailles et l'Inattendu est le vaisseau le plus rapide d'Horalis. Compte sur moi !

Plusieurs volontaires s'avancèrent ainsi dans l'espoir de participer à l'une des missions les plus audacieuses que la Résistance ait jamais organisées.

Diyana choisit son équipage parmi ceux qui lui semblaient les plus aptes. Elle les scannait du regard et tournait toujours l'œil vers Foern'k perché sur son épaule qui acquiesçait avec un croassement ou refusait avec deux.

— Comment porterez-vous l'Odelune jusqu'ici ? demanda Eliznor.

— En partant vers l'ouest, nous sortirons ainsi beaucoup plus rapidement des frontières de l'Imperium.

— Soit, que les Lunes vous protègent ! Nous ferons de notre mieux pour vous donner le plus de temps possible pour votre mission.

La générale en chef distribua ses ordres. Une nouvelle effervescence régnait parmi la Résistance qui s'affairait à mettre en place le plan d'action. L'arrivée d'un nouveau Druide avait boosté tout le monde. Edhelja s'approcha d'Eliznor :

— Où est le père d'Aenore Dorell ?

— Tu veux dire ton père ?

— En quelque sorte…

— Il n'est malheureusement pas là. Il est parti parlementer avec nos voisins du nord, les Elfes.

Dommage, Edhelja aurait rêvé mettre un visage sur le nom de son père, mais le temps n'était pas au sentimentalisme.

— Attends Edhelja, j'ai quelque chose à te donner. Eär savait que tu viendrais un jour, il a laissé quelque chose pour toi.

Eliznor lui indiqua une malle faite d'un acier sans reflet qui était couverte de runes Elfiques. Une faible lueur jaillissait de l'interstice et s'intensifiait à mesure qu'Edhelja approchait.

— Voici votre armure Maître Druide, on dirait qu'elle reconnaît son porteur. Eär était le plus fin armurier d'Horalis au temps des Druides.

— Je sens qu'elle m'appelle.

— C'est le but. Le guerrier et l'armure ne font qu'un.

Edhelja ordonna mentalement à l'armure de se déployer. Le plastron lévita alors dans le airs pour venir se placer sur son maître.

Une petite encoche exactement à la bonne place fusionna avec l'Odelunier dans un éclair de lumière. Les autres éléments se positionnèrent parfaitement sur le corps du jeune druide.

Les avant-bras se terminaient par les griffes du loup, les jambières étaient de couleur argent foncé comme le reste de l'armure, sans le moindre reflet pour être invisible la nuit.

Le casque représentait une gueule de loup qui se terminait par de longs crocs agressifs. Et enfin l'arme du Druide, l'arc à serpe taillé dans l'orme, dont les extrémités étaient coiffées d'une lame courbée en acier elfique. L'ensemble se fondait parfaitement avec le guerrier, l'armure était si légère qu'Edhelja la sentait à peine.

— Les Druides savent y faire pour paraître impressionnant. Que les Lunes soient avec toi jeune guerrier…

Pendant ce temps, les troupes terrestres de l'Imperium prenaient position pour défendre chaque pied carré de la forêt du Gyhr. L'Adakwi Loukno était dans deux jours.

Du côté de l'Imperium comme de la Résistance la tension dans le cœur des hommes montait, tout le monde sentait qu'ils allaient vivre des heures qui dépasseraient leur pauvre existence. L'avenir s'écrivait maintenant !

14

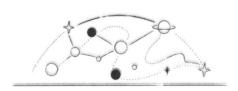

Adakwi Loukno

Le matin de l'Adakwi Loukno, Edhelja et Diyana se croisèrent brièvement. Ils devaient se retrouver le lendemain au-dessus de la Mer Tourmentée, mais il y avait dans leur voix une crainte mutuelle de ne plus se revoir. Ils avaient appris à se respecter mutuellement, même à s'apprécier. Leurs aventures partagées les avaient rapprochés.

Puisses les Sept Lunes faire que l'on se revoit demain ma chère Diyana...

— Nous devons y aller, rappela Rocquarr.

Edhelja serra Diyana contre lui.

— Que les Lunes te protègent !

— Toi aussi Edhel. Et, t'inquiète pas va, Foern'k est avec moi.

Edhelja sourit. Ils se séparèrent.

Le dragon prit son envol, chargé de son cavalier Druide.

— Cette voleuse d'écailles n'est pas si mal après tout, fit Rocquarr, puis il ajouta, tu penses à elle n'est-ce pas ?

— De quoi tu parles ? Non.

— Tu sais que je ressens ce que tu ressens ?

Edhelja ne répondit rien, ses joues rougirent.

Le dragon ne put s'empêcher de sourire intérieurement, il reconnaissait ce sentiment qui naissait dans le cœur de son jeune Druide. Ses propres souvenirs lui revenaient, il pensait à sa Dragonne, l'indomptable Devora, qu'il pourrait bientôt réveiller si la mission était un succès. Mais ce n'était pas le moment de sombrer dans la nostalgie.

— Alors ? Comment on hiberne ? demanda Edhelja.

— Je t'expliquerai ça le moment venu.

Rocquarr volait bon train, au fond de la faille Sanguine, au ras du sol, pour se cacher de la Tour du Nord. La chaleur des Geysers et les gaz troublaient l'air, ce qui leur offrait une bonne couverture.

Intérieurement, Edhelja se sentait dépassé par les émotions. Jusqu'à maintenant, il avait seulement combattu pour se défendre. Aujourd'hui, il devait attaquer, il partait à la guerre, et ne pouvait s'empêcher de ruminer ses pensées dans tous les sens, confus entre l'excitation de l'action et la peur.

— Tu as les armes nécessaires pour te défendre, le rassura Rocquarr.

— Ce n'est pas tellement pour moi le problème. Tellement de gens dépendent de ma réussite. Ça donne le vertige.

— C'est le moment d'avoir la foi et d'écouter ton instinct de loup. Crois-tu que la louve qui chasse pour ses louveteaux se pose des questions sur l'ampleur de sa tâche, elle le fait c'est tout. Tu devrais profiter des quelques heures qu'il te reste avant la nuit pour méditer et recentrer ton énergie.

Le soleil descendait de plus en plus bas, et disparut sous la ligne d'horizon. Les Lunes apparaissaient dans le ciel, les unes après les autres.

Le spectacle était fidèle à la légende, d'un horizon à l'autre de la voûte céleste, une ligne imaginaire reliant chaque Lune créait un arc lumineux d'un bleu profond comme la nuit. On aurait dit que cette lumière tombait comme une pluie venue d'un ciel sans nuage.

À mesure que cette averse lumineuse s'étirait vers le sol, le bleu passait du sombre au clair. Toute la magie du cycle des Sept Lunes rayonnait de sa puissance et de sa beauté.

Horalis berçait dans cette boucle depuis la nuit des temps. Telle l'ovulation dans le ventre des femmes, l'Adakwi Loukno offrait à Horalis son cycle de vie qui donnait naissance à la plus incroyable magie : la magie de l'Odelune, la magie des Druides.

Edhelja ressentait cette énergie spéciale dans son corps, chacune de ses cellules reconnaissait le point d'orgue du cycle d'Horalis. Il y puisait sa force et un espoir revigoré. Aenore était en vie, certes blessée mais en vie. Il espérait la revoir un jour, ce qui lui donnait une raison de plus de combattre. Elle lui avait été enlevé dès l'instant où il sut qu'elle était sa sœur.

De plus, des milliers de gens comptaient sur lui, il repensait aux premières batailles qu'il avait livrées. Tant de chemin parcouru, tant de savoir acquis en si peu de temps. Il avait à présent pris la mesure de son importance, de l'espoir qu'il représentait pour des milliers de personnes.

Au début cela lui faisait peur, mais à force d'y penser il comprenait que c'était une force incroyable qu'il portait en lui. Il n'avait qu'à penser à toutes ces âmes pour retrouver l'énergie de se battre à tout moment.

L'échec n'était qu'un apprentissage supplémentaire pour continuer le combat avec plus de force.

En tête à tête avec son devoir, il sentait un tourbillon dans son estomac, une angoisse profonde, il devait se surpasser, s'arracher, atteindre un niveau de magie qu'il n'avait jamais atteint auparavant, comme un aventurier, un pionnier qui avance coûte que coûte sans connaître de quoi sera fait le chemin mais qui trouve le courage de faire le prochain pas, parce qu'il a la foi. La véritable force réside dans les croyances et les limites que l'on s'applique à soi-même.

Heskenga lui en avait parlé maintes fois, mais il ne pouvait pas vraiment le comprendre tant que son maître était disponible.

Maintenant qu'il était seul, l'idée prenait tout son sens. Aujourd'hui personne ne le guidait, personne n'avait pris ce chemin avant, seul sa propre foi pouvait lui donner la force d'avancer.

Le sentiment qu'il percevait en retour le libérait, il se détachait du besoin d'approbation, il faisait confiance à son instinct, l'instinct sauvage du loup ! Il fit le vide et respira profondément, plusieurs fois d'affilée. Il faisait partie d'un tout. Sa propre personne ne comptait plus aujourd'hui, il était le serviteur d'Horalis.

Les brigades de l'Imperium surveillaient les terres comme les airs pour permettre aux milliers de ramasseurs d'Odelune de remplir leurs douze fioles. Pas une de plus, les règles étaient formelles car l'effet psychoactif de l'Odelune rendait les ramasseurs incontrôlables.

Les soldats de l'Imperium abattaient tout individu montrant des signes d'overdose.

Ces règles n'avaient pas été inventées par l'Imperium, elles étaient ancestrales. Drakaric s'assurait simplement qu'elles soient appliquées avec zèle.

En revanche, les soldats devaient seulement défendre les ramasseurs, en aucun cas le ramassage leur était autorisé. Un homme équipé d'une arme sous l'effet de l'Odelune aurait été trop dangereux et trop imprévisible.

Après avoir remonté les falaises de la Vallée Sanguine, Rocquarr et Edhelja se faufilèrent dans le dédale de montagnes du nord de la Forêt du Gyhr et tombèrent sur des troupes ennemies qui ouvrirent le feu. Plusieurs boules d'énergie fondaient sur eux à grande vitesse. Mais ces armes étaient bien trop faibles pour inquiéter un dragon de l'envergure de Rocquarr qui ne sentait rien de plus que des chatouilles :

— C'est parti ! hurla Edhelja.

La fièvre de l'action faisait disparaître sa boule au ventre.

Les bataillons Impériaux avaient pris position en lisière de forêt pour parer une éventuelle attaque venant des montagnes. L'Imperium connaissait la position de nombreux tunnels grâce à Scarlarine de Trislor. Les moyens de défense mis en place étaient colossaux. Plusieurs barricades en bois renforcées de pics en métal semi-enterrés dans le sol créaient une barrière impossible à franchir pour les fantassins.

Comme convenu plus tôt dans le massif du Wassarior, le signal de l'attaque fut lancé. Des boules rouges tirées dans le ciel par des mages Elfes apparurent, donnant à Edhelja le signal qu'il attendait pour ouvrir les hostilités.

— Rappelle-toi, notre rôle est d'être vu pour répandre la peur dans le cœur de l'ennemi, rappela Rocquarr.

Le dragon plongea en piqué pour fondre sur les positions ennemies à flanc de montagne. Un tunnel débouchait à cet endroit précis et un flot de Résistants y déferlait.

Le dragon ouvrit la bouche en contractant sa cage thoracique, un déluge de feu s'abattit sur les forces de l'Imperium, créant une brèche dans leur défense.

Personne n'avait combattu de dragons depuis des décennies, la surprise était totale. Ils reprirent de la hauteur pour observer la prochaine position à frapper.

La Forêt du Gyhr s'embrasait d'une formidable lueur bleue, contenue par les touffes de branches. La magie du cycle atteignait son paroxysme. Les gouttes d'Odelune pleuvaient sous les grands Saules.

Ça valait le coup de venir.

Mais il fallait continuer le combat, Rocquarr aperçut une position ennemie idéalement placée pour tendre une embûche aux forces de la Résistance qui débouchaient d'un autre tunnel, au fond d'un canyon.

— Là-bas, les nôtres vont se faire massacrer si on ne fait rien, remarqua Edhelja. Fonce !

À grands coups d'ailes, Rocquarr monta en chandelle, puis bascula en arrière dans un décrochage contrôlé, il orienta ses ailes en forme de V et fondit sur l'ennemi à une vitesse vertigineuse. Les tourbillons d'air dans ses écailles produisaient un sifflement dissonant qui inspirait la terreur.

Au ras du sol, il ouvrit enfin ses ailes en grand pour planer en rase-motte et inonder le champs de bataille de ses flammes dévorantes. Ils refirent un passage pour nettoyer l'autre côté du canyon. Le feu était si brûlant que les armes en acier se pliaient et fondaient. Les pauvres soldats en flammes couraient dans tous les sens, marchant en désordre vers la mort.

La confusion était totale.

— Ouvre-toi au Soito pour découvrir d'autres positions ennemies, fit le dragon, je peux continuer à m'occuper sans ton aide.

Malgré la fureur des combats, Edhelja fit le vide et plongea petit à petit dans l'océan parallèle du Soito. La première sensation lui donna des hauts-le-cœur, la mort flottait, des centaines d'âmes erraient, perdues, n'ayant pas encore compris que la mort les avait emportées.

Il ignora cette souffrance pour chercher, débusquer une concentration métallique qui symbolisait un regroupement d'hommes armés. Il sentit quelque chose derrière un mont, plus à l'ouest. Mais une présence mouvante très faible le perturbait, il regarda autour de lui et ne vit absolument rien.

— Derrière cette montagne Rocquarr, le gros de l'armée se cache là-bas.

— Allons-y, on va couper par la forêt !

— J'ai l'impression de sentir une présence, volante, tu ne sens rien ?

— Attends, je m'ouvre au Soito…

Quelques secondes plus tard :

— Non je n'ai rien senti, t'as dû te tromper...

— Aaaaaah !

Au même instant, surgissant des arbres par dessous, un oiseau monté fonça serres en avant et se jeta sur le flanc de Rocquarr. Les puissantes griffes en métal brillant de l'Arc'Hoïde pénétrèrent la chair du dragon à l'endroit exact où Diyana avait décroché des écailles.

La violence de l'attaque fit dévier le Dragon de sa trajectoire.

Encore en état de méditation, Edhelja bascula sur le côté, reprenant ses esprit in extremis pour se rattraper à l'une des griffes de Rocquarr. Il pendait dans le vide alors que son dragon se débattait pour se débarrasser de cet horrible parasite qui lui infligeait une douleur atroce.

Edhelja reprit son calme, ferma les yeux et se replongea dans le Soito quelques secondes. Il reconnut cette trace énergétique, un Dreade qu'il avait déjà croisé auparavant, mais qu'il croyait enseveli à jamais sous des tonnes de roche.

— Druidounet ! Content de revoir tonton Ushumor ?

Edhelja ne répondit rien. Il restait centré sur son Soito.

— Belle monture, le légendaire Rocquarr est enfin sorti de son sommeil. Je sais que tu te caches là-dessous, allez viens dire bonjour.

Edhelja bouillonnait.

Ushumor avait le don pour le mettre hors de lui. Mais cette fois, il reconnaissait le jeu de la provocation.

Toujours accroché par une main à l'une des griffes de Rocquarr, le Druide se balança et se hissa sur sa patte. Il sortit son épée et jaillit sur l'encolure de sa monture, entre Ushumor et l'Arc'Hoïde.

— Te voilà petit Druide.

— Tu as la force de le combattre Edhel, fit Rocquarr, contrôle tes émotions autant que tes coups.

— Belle armure, fit Ushumor en sortant son arme.

Edhelja ne répondit rien, il leva son épée en direction d'Ushumor. L'acier s'entrechoqua rapidement. Des étincelles jaillirent. Les leçons de combat payaient leur fruit, le jeune Druide parait chaque attaque mais Edhelja reculait et s'approchait dangereusement du bec de l'Arc'Hoïde qui claquait près de ses oreilles.

Avec des réflexes dignes d'un boxeur, il en esquiva trois mais le quatrième le saisit par l'épaule.

Sans son armure, ses os auraient été broyés en petits morceaux, mais Eär avait fait du bon travail et le plastron tenait bon. L'oiseau le jeta dans les airs.

Edhelja fit un vol plané par-dessus Ushumor et se raccrocha au bout du bout de la queue de Rocquarr.

Ushumor se retourna.

— Où sont passés tes amis ? Heskenga et la petite Elfe ? Ils sont morts à cause de toi ?

— La ferme ! hurla Edhelja en se jetant sur lui.

L'acier s'entrechoquait avec une rapidité inouïe, mais il n'y faisait rien, Ushumor parait chaque attaque avec une facilité déconcertante.

— Reprends le contrôle Edhel, il te provoque, et termine-le rapidement parce que cet Arc'Hoïde commence à sérieusement me titiller les nerfs.

— T'es marrant toi, il doit payer pour son insolence !

— Edhel stop ! fit Rocquarr, souffle, respire et centre-toi sur le Soito tu y trouveras son point faible.

Il en coûta beaucoup à Edhelja d'écouter Rocquarr, mais au fond de lui une petite voix lui répétait qu'il avait raison.

Il me provoque, soit plus malin que lui Edhel…

J'ai une idée…

— Kron'Entrop, invoqua le jeune Druide.

Le temps ralentit, Ushumor abattait son épée sur Edhelja à une vitesse extrêmement lente.

— T'es fou, ce sort va bouffer toute ton Odelune, fit Rocquarr.

Le jeune Druide fit le vide absolu puis il joignit son esprit à celui de Rocquarr. La douleur lui tirailla le flanc, il ressentait tout ce que sa monture ressentait à présent. Dans cet état de connexion, l'échange de pensées permettait d'avoir des discussions quasiment instantanées :

— Rocquarr, écoute-moi, j'ai une idée. J'ai besoin que tu me fasses une confiance aveugle… tu dois me laisser prendre le contrôle de ton esprit.

— Hors de question !

— Tu dois me faire confiance, sinon nous mourrons tous les deux et nous ne remplirons pas notre mission… seul je n'ai pas la force de le combattre.

— Que comptes-tu faire ?

— Je ne peux rien dire, vite, on perd du temps…

— Promets-moi que quoiqu'il arrive, tu me rendras ma liberté ?

— Promis, viiiite !

— Et dernière chose. Ne reste pas trop longtemps aux commandes. Tu deviendrais fou. J'ai vécu des centaines de vie pour toi. Dès que tu as fini coupe le lien. Que les Sept Lunes nous protègent !

Rocquarr ouvrit son esprit à Edhelja qui s'engouffra dans les méandres infinis d'une conscience ayant vécu des siècles. Entre le savoir accumulé, les innombrables blessures psychiques et physiques, et les souvenirs de la haine que se vouaient jadis les Elfes et les Hommes, il y avait maintes possibilités de se perdre à jamais dans ce labyrinthe.

Mais les heures de méditation avec Heskenga avait transformé Edhelja, il savait désormais conserver son calme en toutes circonstances (enfin presque), même au milieu d'un combat aérien.

Alors qu'Ushumor abattait toujours son épée, Edhelja commençait déjà à ressentir les effets secondaires de l'Odelune. Car attaquer un Dreade avec ce type de sort était comme créer un trou noir qui aspirait toute l'Odelune. Il leva le bras, pointa le doigt vers son ennemi et envoya un minuscule fil lumineux vert qui pénétra dans le crâne d'Ushumor.

Le temps reprit sa vitesse normale, le coup d'épée du Dreade manqua de peu Edhelja qui tomba en arrière.

Mais un détail attira l'attention d'Ushumor, une écaille manquante juste à l'arrière du cou de Rocquarr, il s'approcha pour vérifier car c'était trop beau pour être vrai.

Une écaille manquait juste là, juste au-dessus du système nerveux dorsal de la bête, un coup d'épée bien placé lui porterait sans doute un coup fatal. Enivré à l'idée de ramener un trophée aussi glorieux, Ushumor plongea son arme jusqu'à la garde. Le dragon se tordit, puis convulsa, il avait frappé juste. Le feu fuyait par la plaie,

Rocquarr suffoqua, perdit de l'altitude, et lança un grognement plein de vulnérabilité. La vie le quittait, ses ailes clapotaient dans les airs alors qu'il tombait en chute libre. La fin d'un géant est toujours triste, comme si des centaines de vies accumulées s'éteignaient en un claquement de doigt.

La vision d'Ushumor se brouilla et il sentit une vive douleur dans le ventre, une douleur pointue, aiguë. Il y apposa sa main et la regarda. La teinte rouge de son sang le fit sortir de son hallucination. Il voyait le tranchant de son épée sortir de son plexus. À l'autre bout, sa main sur la poignée. Il regarda sous ses pieds, le dragon était en parfaite santé, seulement dérangé par l'Arc'Hoïde qui continuait de lui triturer sa plaie.

— Toi… Comment ? fit Ushumor.

— La magie du Soito, associée au pouvoir de l'esprit. Güphyn, la Rigani Dusja, la reine de l'esprit m'a octroyé ce pouvoir quand j'ai traversé la Forêt du Gyhr. Je n'en avais aucune idée jusqu'à ce que tu me parles d'Heskenga et d'Aenore et ça m'est venu d'un coup.

La vie quittait le Dreade, il restait debout, regardait dans le vide, sans doute jugeait-il sa propre vie car une larme perla au coin de son œil. Il tomba à genoux.

— Belle mort, bien joué petit Druide…

Il se savait condamné car la blessure infligée par l'épée d'un Dreade ne se soignait pas par la magie. Il usa alors de ses dernières forces pour achever ses souffrances et s'empala complètement sur son épée.

Edhelja le regarda dans les yeux jusqu'à son dernier souffle. Il se surprit à ressentir de la peine au lieu d'un soulagement.

La mort paraissait enfin libérer le Dreade de ses vieilles souffrances, les traits de son visage se détendaient et montraient une certaine paix.

"Belle mort, bien joué petit Druide…" avait-il dit.

Il bascula sur le côté et tomba dans le vide.

Libéré de l'emprise de son cavalier, l'Arc'Hoïde desserra sa prise et s'envola. Il retrouvait une liberté perdue depuis longtemps.

— Intelligente stratégie, fit Rocquarr.

— C'est malheureux qu'elle se termine par la mort.

— Tu dois apprendre à respecter la mort. Elle n'a ni justice, ni injustice, elle se contente simplement de frapper les uns en épargnant les autres. Soit simplement reconnaissant que ton chemin continue.

— T'as pas tort. Mais c'est difficile à accepter. Quelques semaines en arrière, ma vie se résumait à réparer des aetherscaphes.

— À propos de réparation, mon flanc me lance, tu peux faire quelque chose ?

Edhelja était vidé à cause du sort du ralentissement du temps qu'il avait utilisé pour vaincre Ushumor, mais il ne pouvait pas refuser quelques réconforts à sa vaillante monture.

— Yaom Ess, invoqua-t-il.

Une lueur bleue vint cicatriser la plaie pour le plus grand bonheur de Rocquarr. Il savait maintenant qu'avec un Druide de cette trempe, personne ne pourrait les arrêter et leurs talents seraient bientôt mis de nouveau à rude épreuve car il fallait attaquer le convoi d'Odelune au-dessus de la Mer Tourmentée dans quelques heures à peine.

— Nous devons nous diriger vers l'ouest, es-tu prêt mon Druide ? fit le dragon.

— Ah, je ne suis plus le petit Druide ?

— Tu viens de me prouver ta grandeur !

— On verra bien si on passe la prochaine épreuve. D'ailleurs, tu as dit que tu m'expliquerais l'hibernation ?

— Ça se fait naturellement chez nous. Mais j'ai porté plusieurs générations de maîtres Druides qui maîtrisaient cette technique. Je vais donc te révéler leur secret. L'hibernation est un réflexe ancestral que les hommes ont oublié, mais qui réside toujours au plus profond d'eux-mêmes. Aie la certitude, que tu l'as en toi, tu dois juste trouver le chemin pour y accéder.

— Ok, on essaie ?

— Non, le corps ne se met en hibernation que lorsqu'il est privé de chaleur et d'oxygène.

— Donc on ne peut pas faire d'essais ?

— Non, il n'y a pas d'essais, tu réussis ou tu meurs !

— L'avantage c'est que le choix est assez réduit…

— Une grande partie de la réussite du processus m'incombe. La vitesse à laquelle je monte, ainsi que la vitesse à laquelle je descends compte énormément. Tu devras ouvrir ton esprit à moi sans aucune retenue. Et le secret le plus difficile à maîtriser est de ne rien faire…

— Qu'est-ce que tu veux dire ?

— Tu devras te laisser mourir !

— Hein ?

— Oui, ton corps devra s'endormir progressivement avec le froid et le manque d'oxygène. Si tu résistes et frissonnes, l'énergie que tu dépenserais te tuera.

— Se laisser mourir pour survivre, c'est profond…

— Héhé, c'est pas le moment de philosopher ! Tu devras donc méditer pour nettoyer toute peur de ton esprit. Les battements de ton cœur se réduiront à une poignée de pulsations par minute, tes organes entreront en léthargie et tu plongeras en hibernation. Ensuite, pour te ranimer, je descendrai à vitesse très lente pour que ton corps se réchauffe et se réveille en douceur.

— En regardant le bon côté des choses, j'aurai donc une bonne nuit de sommeil alors que des centaines de Résistants passeront la nuit à combattre. On doit réussir Rocquarr !

Pour toute réponse, Edhelja ne reçut qu'un court grognement approbateur, il n'était pas dans la nature d'un dragon d'échouer quelle que soit son entreprise.

Ils prirent plein ouest vers la plus périlleuse des traversées pour Edhelja. Le froid et le manque d'oxygène étaient de nouveaux ennemis dont il ignorait tout !

Pendant ce temps là, au sud de l'île Bonneterre, dans les méandres de la Tour des Bagnards, deux hommes en noir, cachés sous une longue capuche marchaient en direction de la porte principale.

Les deux gardes de l'entrée s'approchèrent arme au poing pour les arrêter. Mais au lieu d'engager le combat, ils stoppèrent net et se dressèrent droit comme des i pour exécuter le salut de l'Imperium. Bras gauche en l'air, et pouce de la main droite sur le cœur.

— Par ici Maître, fit le premier homme dont les cheveux noirs parfaitement plaqués en arrière reflétait la lumière bleue du ciel.

— Tout est prêt ?

— Oui Maître, installez-vous dans l'ouverture de ce haut fourneau, exactement sous ce rayon. Nous devons attendre l'alignement parfait des Sept Lunes.

Le second homme portait une capuche qui masquait son visage. Il s'installa en position de méditation et entra dans une profonde transe.

Dans le ciel, le ballet des Sept Lunes offrait sa plus magique performance. À l'instant de l'alignement parfait, une onde bleue remplit la pièce et les murs se mirent à vibrer. Le haut fourneau collectait cette énergie lunaire et bombardait le Maître avec un rayon concentré. Un tourbillon se forma autour des deux hommes et souffla la capuche du second pour révéler les traits de l'Empereur aux yeux de tous.

Le rayon se répandit sur son corps. Les veines de son visage s'embrasaient d'une lumière bleue. Le sol et les murs vibraient encore plus fort.

Nérath faisait des incantations dans la langue ancienne, celle des Corbeaux Géants.

Il sortit plusieurs choses de sa besace, sept exactement. Tout en continuant ses incantations, il assembla les ingrédients. D'abord un fragment de plume de Corbeau Géant sur lequel il déposa ses feuilles de Saule de la Forêt du Gyhr et les cheveux d'Elfe pris sur Aenore.

Il ouvrit ensuite la fiole qui contenait un Drogène et la reboucha immédiatement avec son pouce puis la posa à l'envers sur la plume.

Il utilisa l'écaille de dragon pour se saigner l'avant-bras et ouvrit la fiole qui contenait le sang d'Heskenga pour en faire couler le contenu sur les autres ingrédients en le mélangeant à son propre sang.

— Sang de Druide et Sang de Dreade, Sang de Druide et Sang de Dreade, répéta-t-il sans discontinuer.

De la fumée sortait de ses ingrédients, une fumée foncée de couleur argentée.

Il libéra le Drogène qui prit la même couleur et alla se loger entre les deux yeux de Drakaric. Sa tête bascula en arrière. L'Empereur convulsait ! Il ouvrit ses paupières et fixa le ciel. Ses yeux avaient pris la couleur du Drogène.

Pupilles et iris ne formaient plus qu'un.

— Maître ?

— Continue !!! N'arrête pas tes incantations, insista l'Empereur.

Nérath s'exécuta et se replongea dans la récitation des formules. Un éclair argenté emplit la pièce pendant une fraction de seconde, puis ce fut le noir complet.

Seuls les yeux d'argent de l'Empereur luisaient dans l'obscurité. Il bascula en arrière, les yeux toujours pointés vers le ciel. Il ne bougeait pas.

— Maître, maître...

Mais rien n'y faisait, Drakaric avait sombré dans un profond sommeil. Il respirait encore mais ne réagissait plus aux appels de son disciple.

15

L'Instinct Du Loup

— Ça va être à ton tour d'ouvrir ton esprit pour que je puisse te guider dans le processus d'hibernation, fit Rocquarr.

— C'est de bonne guerre. Promets-moi juste que si quelque chose tournait mal tu me libérerais.

— Pas sûr, les Dragons ne sont pas aussi altruistes que les Druides, plaisanta-t-il.

Rocquarr commença l'ascension pendant qu'Edhelja lui confiait les rênes de son esprit.

— M'entends-tu petit Druide ?

— Ah, je suis de nouveau petit ?

— Vu d'ici oui.

Et c'était vrai. Comment pouvait-on comparer un esprit aussi vieux que celui de Rocquarr aux deux décennies même pas d'Edhelja.

— M'autorises-tu à sonder tes mémoires ?

— Dans quel but ?

—Satisfaire ma curiosité !

—L'avantage avec vous les dragons c'est que avez l'art de répondre avec une honnêteté très spontanée.

—En fait je plaisantais… à moitié !

—Pourquoi as-tu besoin d'accéder à mes mémoires ? Et pourquoi tu me le demandes ? Je suis sûr que tu peux y accéder sans mon accord.

—D'abord, je veux que tu me fasses confiance donc je ne ferai rien sans ton accord même si ce serait un jeu d'enfant de casser ton esprit de petit Druide. Je veux juste mémoriser tes souvenirs. Je n'aime pas te dire ça mais si tu ne survis pas cette nuit, ton savoir sera conservé pour enseigner la magie à un autre Druide. De la même manière que je t'enseigne la magie grâce à la mémoire qu'Heskenga a partagé avec moi lors de notre première rencontre.

—Vas-y alors, fais ce que tu doit faire !

—Autre chose, pendant que tu hiberneras, ton cerveau sera suffisamment inactif pour que j'implante quelques barrières mentales. Tu en auras besoin un jour ou l'autre.

Rocquarr lut toutes les mémoires d'Edhelja. Il ne fit aucun commentaire mais sentit les souffrances que son jeune cavalier avait déjà surmontées. La mort de sa grand-mère, la disparition d'Aenore, la mort d'Heskenga, toutes ces blessures étaient le terreau d'une fleur bien plus belle et vivace, l'envie de liberté et de paix.

Le dragon prit de l'altitude et l'air commençait à se raréfier pour Edhelja, la température chutait fortement. Malgré la clarté de l'Adakwi Loukno, Rocquarr devenait un point bleu nuit qui se perdait dans la voûte céleste.

— Laisse-toi complètement aller à ma suggestion. Laisse-toi partir, tes organes vont cesser de fonctionner et le manque d'oxygène va entraîner la mise en veille de ton cerveau.

Edhelja était en pleine confiance, lui aussi avait aperçu les méandres de l'esprit de Rocquarr, il n'avaient pas accédé à sa mémoire, mais il était sûr d'une chose, il n'avait pas senti la fourberie. Uniquement centré sur la voix intérieure de sa monture, il laissa son âme flotter dans le Soito et s'éteignit petit à petit, voilà à quoi ressemblait sans doute une mort douce. Un long toboggan descendant en spirale vers le néant où la lumière ambiante disparaissait doucement tandis que celle du bout du toboggan s'intensifiait.

À présent son corps était complètement inerte et refroidi. Le dragon atteignait sa limite de vol en altitude.

Quelques heures plus tard, les premières lueurs du nouveau cycle apparaissaient à l'Est. L'Adakwi Loukno se terminait et les récoltes étaient bonnes. Un convoi de

Stéostoons transportait les fioles d'Odelune fraîche vers Antoppe, promesse d'une nouvelle hégémonie de pouvoir pour Drakaric.

À la mi-journée, Rocquarr entama la descente à vitesse contrôlée pour ranimer Edhelja. La lenteur du processus était d'une importance capitale car le corps du jeune Druide devait se réchauffer à une vitesse précise. Rocquarr suivait les signes vitaux de son protégé avec la plus grande attention.

Même un dragon sans âge connaissait l'importance du dernier Druide d'Horalis.

— Jeune Druide ?

— …

— Jeune Druide ? Le voyage se termine.

— Hein ? Déjà ? Où suis-je ?

— Sur la côte de la Mer Tourmentée, juste au nord d'Antoppe.

Cela faisait plusieurs semaines qu'Edhelja avait quitté sa ville natale. Il reconnut immédiatement l'odeur de l'air, chargé d'iode. Le vent à la fois doux et frais venant du large lui caressait le visage en le ramenant doucement à la réalité. Ses souvenirs de la veille lui revenaient petit à petit, ainsi que le plan d'aujourd'hui.

Il avait survécu à la plus difficile des épreuves. Seuls quelques Druides dans l'histoire avaient su maîtriser la technique de l'hibernation.

Ils sillonnèrent la mer en zigzag pour apercevoir les aetherscaphes de l'Imperium, mais sans résultat.

— Soito ? fit Edhelja.

— Vas-y, je pilote !

Le jeune Druide s'ouvrit. Il sentit la force de la mer, les vagues généraient beaucoup d'agitation et il était difficile d'y voir clair. Mais il se centra davantage et à force d'écouter les interférences, il apprit à en faire fi.

Beaucoup d'êtres vivaient dans ces eaux, du minuscule plancton aux immenses cétacés dont il apprécia les chants mystérieux.

Diyana !

Il sentait sa présence, elle était proche, à quelques milles tout en plus. Il perçut également Foern'k, et s'étonna de l'intensité de son aura.

Rassuré par cette présence familière, il laissa son esprit voguer dans les méandres du Soito, testant d'autres longueurs d'ondes. Il en apprenait davantage à chaque sortie de corps, restant déconnecté de plus en plus, s'aventurant toujours plus loin. Il s'approcha de sa ville natale, il en connaissait chaque recoin. Il observait les abords de l'aethérodock, quatre aetherscaphes portant la croix de l'Imperium prenaient les airs et partaient chacun dans une direction différente.

Bien sûr, ce serait trop facile... lequel de ces vaisseau transporte l'Odelune ?

Il sonda rapidement les esprits des hommes à bord, chacun était convaincu qu'il transportait l'Odelune sacrée pour l'Ile Bonneterre.

Cela pourrait être celui qui se dirige directement vers l'ouest c'est le chemin le plus direct... Ou est-ce un piège ?

Edhelja savait très bien qu'il n'aurait pas la force d'en attaquer plus d'un, car chaque vaisseau était lourdement armé. Il sentit également des présences plus sombres.

Un Dreade par vaisseau et beaucoup de Nettoyeurs !

Le jeune Druide commençait à perdre patience. Il se souvint alors d'une des leçons de son Maître :

"N'oublie jamais que ton totem est un loup et que son instinct naturel ne se trompe jamais".

Paradoxalement, Edhelja eut recours à son cerveau animal et primitif pour savoir quel aetherscaphe suivre.

Il n'était plus question de déduction logique ou de sondage d'esprit, mais simplement d'une voix intérieure non rationnelle qui dit : *"par ici".*

L'un des vaisseaux n'avait pas encore quitté l'aethérodock, il était d'une banalité qui le rendait suspect.

Celui-ci...

— En route Rocquarr !

Le dragon se contenta de grogner en signe d'approbation.

C'est alors qu'apparut à l'horizon l'Inattendu. Foern'k était fièrement perché sur la proue du vaisseau, il s'envola à la rencontre du jeune Druide et de son dragon. Il croassa avec enthousiasme et s'exprima avec tant de verve devant Rocquarr, qu'on aurait juré qu'il s'agissait de retrouvailles entre vieux amis.

— Il dit que tu as vu juste pour le vaisseau transportant l'Odelune et que Diyana et lui vont faire diversion en attaquant l'un des autres vaisseaux, fit Rocquarr.

— Hein? Tu comprends ce qu'il dit ?

— Ça parait étrange, mais oui, il est d'une rare limpidité quand il s'exprime.

— Ah !

Le corbeau blanc repartit vers son vaisseau et ils mirent leur plan à exécution.

L'aetherscaphe prit de l'altitude et s'avança sur la Mer Tourmentée. Rocquarr se plaça stratégiquement au-dessus des nuages.

— C'est le moment, fit Edhelja.

Le dragon grimpa en flèche pour fondre à une vitesse vertigineuse sur sa cible. Il planta ses puissantes griffes dans la toile du ballon pour y déposer son Druide avant de reprendre son envol.

Edhelja sauta de sa monture et se précipita vers un hublot qui se trouvait quelques dizaines de pieds plus bas.

— Soma'stell, prononça-t-il pour faire sauter le loquet.

La petite fenêtre ronde s'ouvrit sans le moindre grincement, prouvant la magie lubrifiante de la charnière bronze acier.

Edhelja se glissa à l'intérieur du vaisseau, deux gardes tentèrent de le maîtriser. Il s'en débarrassa rapidement à l'aide d'un Akte Subno. Les deux hommes s'écroulèrent.

Il se faufila ensuite dans le couloir menant à la salle des marchandises. Il ouvrit la porte. Celle-ci grinça bruyamment. Des dizaines de regards se tournèrent vers lui. Une armée de Nettoyeurs prête au combat se tenait devant lui. Leurs foudroyeurs à pompe firent feu dans la même seconde.

— A houchis ! fit-il pour invoquer son bouclier.

Les boules d'énergie explosaient autour de lui, certains éclats l'atteignirent malgré son bouclier. Son Odelunier changea de couleur, ses dents s'allongèrent, des griffes sortirent de ses mains et ses yeux prirent une menaçante couleur d'or qui contrastait avec sa fourrure gris foncé. Sa vision thermique lui permettait de voir ses adversaires avec précision, au moins une cinquantaine à vue d'œil. Ses sens captaient le battement de chacun de leurs cœurs.

Au milieu de cette foule de gardes trônait un cube froid, sans doute fait de métal. Son corps vibra comme s'il reconnaissait la substance sacrée, le nectar d'Horalis.

Rocquarr s'en rendit compte.

— Mon Druide, qu'est-ce qui te met dans cet état ?

— J'ai trouvé l'Odelune...

Maintenant sur quatre pattes, Edhelja fonça dans la cohue. Il esquiva les premiers coups de matraque et d'un coup de patte assomma le premier garde qui s'était vu un peu trop courageux en se lançant seul contre la bête. Une dizaine d'hommes se ruèrent sur lui, matraque à la main. Mais le loup enfonça ses crocs dans l'épaule de l'un des Nettoyeurs, tourna sur lui-même et projeta le corps sur ses adversaires.

Il profita du vide qu'il avait créé autour de lui pour foncer tête en avant comme un bélier et neutraliser d'autres gardes. Il reçut une boule d'énergie dans le flanc droit, vers la cuisse. Cela brûlait horriblement, mais il en fallait plus pour l'arrêter.

Il invoqua de nouveau un bouclier. Tantôt il frappait avec ses griffes et infligeait de terribles blessures, tantôt il prenait un homme dans la mâchoire et le secouait violemment avant de le jeter sur les autres. La moitié des Nettoyeurs étaient déjà morts ou hors d'état de nuire.

Soudain, un grondement sourd résonna dans la grande salle. Le sol devint brûlant si bien que les Nettoyeurs ne pouvaient rester sur leurs pieds. Une griffe éventra le plancher de l'aetherscaphe et ouvrit une grande brèche qui emporta le reste des Nettoyeurs.

— Tu comptais vraiment t'amuser tout seul ? fit Rocquarr.

Edhelja pouffa.

— Va cracher des flammes devant l'aetherscaphe pour attirer l'attention du reste de l'équipage. Je m'occupe d'ouvrir le coffre, fit le jeune Druide en reprenant forme humaine.

Le Dragon s'en réjouissait d'avance. Quelques secondes plus tard, il surgit devant le poste de pilotage et illumina le ciel d'une longue flamme.

Un vent de panique souffla à bord du vaisseau. La rumeur était donc vraie, la Résistance était parvenue à réveiller un dragon.

Edhelja tenta d'ouvrir le coffre avec un Soma'stell, rien n'y faisait. Le coffre renvoyait ses sorts comme un miroir à magie. Il insista malgré tout. L'Odelune était là, devant lui.

Soudain, une horrible sensation l'envahit, une qu'il avait déjà ressentie quelques semaines plus tôt alors qu'il était dans les cavernes sous les montagnes.

— Soma'Stell et Meteor'Kan, fit une voix de femme, tu peux continuer autant que tu veux, le coffre est immunisé contre la magie par le Bouclier de Wyseriath.

Son corps était parcouru de décharges électriques qui le paralysaient complètement. Il s'était fait de nouveau piéger par le sort de douleur combiné au sort de lévitation, le Soma'Stell et le Meteor'Kan.

À présent, seule une aide extérieure pouvait le sauver. Il n'avait aucune autre option sous la main. Rocquarr pourrait s'approcher suffisamment pour lancer une attaque dévastatrice, mais tant qu'il était sous le contrôle de son agresseur, ça ne servait à rien.

De plus, tout dragon qu'il était, il ne pouvait défier de face un Dreade d'une telle puissance. Il avait besoin de l'aide d'un Druide, d'un mage de la puissance d'Heskenga.

Si près du but…

L'étreinte était autrement plus puissante que celle qu'il éprouva quelques semaines auparavant avec Ushumor dans la grotte.

Il flottait à présent dans les airs et se retournait vers son agresseur, sans pouvoir contrôler le moindre de ses gestes.

Une silhouette à la discrétion inégalable apparut. Elle devait l'observer depuis longtemps sans qu'il ne s'en rende compte. Elle, car il s'agissait d'une Dreadesse, une femme aux longs cheveux gris et lisses avec une raie qui divisaient parfaitement son crâne en deux.

La lumière avait diminué comme dévorée par les ténèbres, si bien que son visage était à peine visible, à l'exception de ses yeux, comme deux billes argentées, qui fixaient Edhelja sans le moindre clignement.

Le jeune Druide sentait l'esprit de la Dreadesse qui tentait de percer les barrières mentales qu'il s'était construites avec l'aide de Rocquarr le matin même.

Ne penser à rien, ne penser à rien… si seulement Diyana pouvait m'entendre…

La paralysie lui enserrait maintenant la gorge, l'oxygène commençait à manquer. La Dreadesse savait s'y prendre pour torturer, seul un fin filet d'air maintenait Edhelja conscient. Il trouva quand même la force de murmurer :

— Qui es-tu ?

— Scarlarine de Trislor, Grande Duchesse des forces de l'esprit.

— Ah, connais pas !

— Tu oses me défier jeune insolent ?

— Ça me fait du bien en fait ! rigola Edhelja.

La Dreadesse s'approcha plus près et tenta de lui extirper son Odelunier. Son index crochu l'agrippa, mais l'objet restait solidement attaché à son armure. Une force invisible et lumineuse maintenait l'objet en place comme un aimant.

— Je veux tout savoir sur la Résistance, où se cache-t-elle ?

— Dans le cœur de chaque homme libre !

— Petit malin. Tu vas te plier à ma volonté. Personne ne résiste à mes sorts. Les plus grands esprits se sont brisés entre mes mains.

La Dreadesse s'acharnait sur l'Odelunier, mais l'armure tenait bon. Sa magie noire pénétrait la poitrine d'Edhelja pour détacher l'Odelunier de son porteur, cela brûlait atrocement.

Il fallait tenir bon.

Il pensa à ses amis, comment feraient-ils sans lui ? Pas le choix, il fallait tenir bon.

— Je vois que nous avons un jeune amoureux. Tu penses à cette belle femme au corbeau blanc. Je te promets que lorsque j'en aurai fini avec toi, je m'occuperai d'elle et je te garderai en vie juste pour que tu la voies mourir…

— Je ne te dirai jamais rien !

— Donne-moi la position des tunnels et des bases de la Résistance.

— Jamais !!! Et ne touche pas à un seul de ses cheveux !

Les souvenirs des dernières heures étaient facilement accessibles car Edhelja n'avait pas encore pris le temps de les entourer de barrières mentales. Il s'était concentré sur les informations essentielles comme les bases et les plans de la Résistance.

— Tu es venu à bout d'Ushumor… bel exploit, ce qui rend ta capture encore plus valeureuse. Entre nous, bon débarras, il n'était devenu plus que l'ombre de lui-même ces dernières années, un faible. Et les faibles n'ont pas leur place dans l'Imperium.

— Ushumor s'est battu vigoureusement, protesta Edhelja en repensant à ses derniers mots.

— Je sens quelque chose, qu'est-ce que tu me caches petit Druide ?

— Que va faire l'Imperium avec toute cette Odelune ?

— N'essaie pas de détourner mon attention. Tu me caches quelque chose...

Une joute mentale se jouait entre les deux mages. Les deux billes argentées de Scarlarine affrontaient les yeux clairs d'Edhelja, qui petit à petit lâchait du terrain.

— Tu… tu appelles à l'aide… s'étonna la Dreadesse.

Au même instant, une silhouette svelte et fine apparut derrière Scarlarine. Elle venait de passer à travers la cloison de l'aetherscaphe. Elle s'approcha sans le moindre son, mais les sens de la Dreadesse étaient extrêmement développés et tout en maintenant le sortilège sur Edhelja, elle se retourna en un éclair et saisit la silhouette à la gorge.

Edhelja reconnut sa sœur Aenore.

Ce qu'elle fit ensuite fut des plus inattendu. Tout en regardant la Dreadesse dans les yeux avec une froideur glaciale, son corps s'évanouit, toujours visible mais transparent.

La main de Scarlarine ne serrait plus rien.

Aenore enfonça sa main dans la poitrine de la Dreadesse comme si c'était de l'eau et lui arracha son Odelunier, ce qui coupa net ses sortilèges.

Edhelja pouvait enfin reprendre son souffle :

— Aenore, hurla-t-il avec joie.

— Plus tard p'tit frère. Aide-moi, je ne suis pas assez puissante pour lui jeter un sort.

— Akte Subno ! firent-il de concert.

La Dreadesse s'écroula, assommée par la puissance décuplée d'un double sort.

— Aenore, quel bonheur ! Comment es-tu arrivée jusqu'ici ?

— Je t'expliquerai plus tard. Vite où est l'Odelune ?

— Comment sais-tu ?

— Je suis tombée sur ta nouvelle amie et son corbeau blanc en chemin. Ils sont prêts pour recevoir la marchandise.

— L'Odelune est là-dedans, mais c'est impossible de l'ouvrir. Le coffre est protégé par le Bouclier de Wyseriath, toute tentative de magie se retournerait contre nous. J'ai déjà essayé.

— Qui t'as parlé d'utiliser la magie ?

Aenore portait deux cordes enroulées sur l'épaule.

— Vite, passe ces filins dans les anneaux.

L'Elfe posa alors ses deux mains contre le coffre qui parut s'effacer de la réalité, puis l'imposante masse métallique traversa le plancher et tomba en chute libre dans les airs. Saggonir et Rocquarr surgirent pour récupérer le butin en vol. Foern'k dirigea les opérations en croassant à tout va ce qui ressemblait à des ordres de manœuvre.

Le plus étonnant est que le Corbeau Géant aussi bien que le Dragon exécutait sans discuter les directives de leur minuscule adjudant.

Bien coordonnés, les deux géants déposèrent le coffre sur le pont de l'Inattendu qui mit plein gaz pour semer les motos-ballons qui affluaient déjà.

Toujours sur l'aetherscaphe, Edhelja n'en revenait toujours pas de revoir sa sœur.

— Aenore, comment ? Qu'est-ce qu'il t'es arrivé ?

— C'est une longue histoire...

— Merci ! Je t'en dois encore une.

— Contente d'être arrivée à temps. Belle monture, fit-elle remarquer.

— C'est une longue histoire… Mais comment t'as fait pour me trouver, et c'est quoi ce nouveau pouvoir ? Tu peux traverser la matière maintenant ?

— Comme je le disais, c'est une longue histoire.

Aenore lui conta son aventure depuis que Nérath l'avait capturée à Sybae, la traversée en bateau, le naufrage, Kraa'Terra, les Corbeaux Géants et la Tour des Bagnards.

— Je suis tellement désolé de n'avoir pu rien faire pour venir te chercher, Heskenga a tout fait pour m'en empêcher.

— Et il a bien fait !

— Je suis heureux de te voir.

— Moi aussi petit frère. Il faut que je voie ma mère au plus vite. L'Impérium assemble une armée, une armée redoutable, une armée qui ne saigne pas…

— Hein ?

— Regarde.

Aenore sortit sa dague et se la planta dans l'avant-bras. La lame ressortait de l'autre côté. Son visage se tordait de douleur.

— Qu'est-ce que ? fit Edhelja complètement incrédule, et ça fait mal ?

— Atrocement. Mais aucune blessure, regarde. Et l'Imperium produit des milliers de soldats avec les mêmes pouvoirs.

— Tu es en sécurité maintenant, fit Saggonir à Aenore, je dois partir rejoindre les miens. Ce que j'ai vu à la Tour des Bagnards me perturbe, je dois prendre conseil auprès de mon Doyen. Reviens me voir petite Elfe, tu seras toujours la bienvenue sur Kraa'Terra.

Aenore sauta sur Rocquarr pour voyager avec Edhelja. Saggonir battit des ailes en signe d'au revoir et prit la direction du sud.

Le lendemain, l'équipe se retrouvait dans le Quartier Général de la Résistance sous les acclamations de tout un chacun.

Dans le grand hall de Bhon Bhuldir, la Générale Eliznor prit la parole :

— Le nectar de notre Terre Mère, l'Odelune, l'Odelune sacrée, l'Odelune dérobée, l'Odelune injustement confisquée à ses serviteurs, par l'Impérium qui impose son pouvoir par la force. Chers amis, fils et filles d'Horalis. L'Odelune vous est rendue.

Une grande ovation emplit le hall.

— Nous célébrons une grande victoire aujourd'hui. Nous avons rêvé de ces instants depuis la proclamation de l'Impérium. Nous tenons enfin notre première victoire face à l'infamie. Ce soir je pense à ceux qui ont donné leur vie, à ceux qui ont préféré verser leur sang plutôt que de se soumettre, à ceux qui ont eu le courage de mourir debout plutôt que de vivre à genoux, à ceux qui ont fait le choix, en toute liberté, de combattre l'oppression. Nos héros, les héros de la liberté. Ils sont maintenant le terreau dans lequel notre victoire germera jusqu'à ce qu'elle devienne totale.

Une ovation accueillit les sages paroles de la générale en chef.

Elle tourna la tête et aperçut sur le rebord d'une fenêtre la silhouette de son fidèle perroquet, Telhur.

Elle l'attendait.

Son mari, Eär, était en voyage en Union des Cités Elfiques pour obtenir du soutien. Ayant terminé son discours, elle lui fit signe de venir dans la salle de commandement.

— Je t'écoute Telhur.

— Mot de passe ?

— Soupe au jambon, mais sans oignon.

R2 pour R7,
Les Elfes refusent notre demande de soutien. Même purement
matériel. Je serai de retour rapidement. Que les Lunes te
protègent ma bien aimée.

Il n'y avait jamais de répit pour la Générale, les Elfes seraient des alliés de poids mais il fallait d'abord venir à bout de leur protectionnisme. Cela faisait depuis la dernière Adakwi Loukno qu'ils avaient complètement fermé leur frontière et vivaient en complète autarcie.

Malgré toute cette Odelune, combattre l'Imperium seul était une tâche insurmontable. Eliznor savait pertinemment qu'elle avait besoin de puissants alliés pour combattre Drakaric.

Aenore entra dans la salle :

— Maman ?

— Ma fille !

Elle l'a serra contre elle.

— Maman, il faut que je te parle…

Pendant ce temps, au sud de l'Île Bonneterre, dans la Tour des Bagnards. L'empereur ouvrit les yeux après une journée de sommeil profond. Il eut besoin de quelques secondes pour que sa vision devienne net. Il reconnut son fidèle apprenti qui veillait sur lui.

— Maître, fit-il en affichant un sourire sincère.

— Donne-moi mon Odelunier.

Nérath sortit de sa poche un petit paquet duquel pendait une chaîne et le tendit à son maître avec une attention religieuse.

Drakaric s'en saisit, immédiatement la lumière diminua comme dévorée, absorbée par les ténèbres.

— Raconte-moi ce que j'ai manqué ?

— …

— Parle !

— Vous êtes encore faible maître, peut-être serait-il-

— Parle !

Nérath lui conta les exploits de la Résistance. Mais à son grand étonnement, l'Empereur resta très calme et serein. Il ouvrit sa main, paume vers le haut, et produisit des éclairs d'énergie argentés entre ses doigts, puis d'une pichenette il envoya un jet de plasma de la même couleur contre un mur en pierre qui explosa sous le choc.

— La Résistance vient certes de remporter une victoire, mais elle ignore que mes pouvoirs m'ont été rendus.

À suivre…

Avez-vous aimé ce premier tome ? Faites le savoir au monde. Partagez votre expérience en attribuant à ce livre un avis 5 étoiles.

Grâce à vous, plus de lecteurs découvriront ce livre et vous soutiendrez l'auteur pour terminer la trilogie de La Guerre des Sept Lunes.

Scannez ceci pour laisser votre avis.

**Bientôt les
tomes 2 et 3 !**

Visitez

KENANOLIVIER.COM

Recevez les dernières nouvelles de l'auteur et lisez les premiers chapitres des tomes 2 et 3 gratuitement dès qu'ils sont disponibles.

Partagez des photos de vos exemplaires de livres et suivez les voyages inspirants de l'auteur sur les réseaux sociaux.

#laguerredesseptlunes

 @KENANOLIVIER

 @KENANOLIVIER1

Chapitres

Pacte d'Horalis

— *Le peuple des humains est représenté par le Roi de Draguiyonne, le Prince de Bonneterre, et les Seigneurs des cités indépendantes d'Antoppe et Folhalla.*

— *Le peuple des Elfes est représenté par les Dignitaires Élus des cités indépendantes de Laelnore, Ofineas, Thyfethyr, Naethyr, Sylanalyn et Selhe Alora.*

— *Le peuple des Nains est représenté par les Cinq Boutefeux de la cité de Bhon Buldhir.*

— *Le peuple des Druides est représenté par le Conseil des Sept.*

Fonctionnement

— *Le devoir suprême de maintenir la paix entre les peuples est confié aux Druides, neutre par leur parenté car ils sont engendrés par les peuples Humains et Elfes.*

— *Le Conseil des Druides arbitrera tous les conflits à Sybae en présence de tous les représentants des peuples.*

— *Pour tous conflits ne pouvant se résoudre seuls, la décision du Conseil des Druides sera finale.*

Répartition de l'Odelune sacrée

— *L'Odelune sacrée est sécrétée par les Saules Pleureurs de la Vallée du Gyhr. La floraison a lieu à chaque complétion du Cycle des Sept Lunes, tous les vingt-trois ans.*

— *Insensible à son pouvoir addictif et pervertisseur, les Elfes se verront attribuer le tiers des récoltes d'Odelune sacrée qu'ils utiliseront à leur propre convenance.*

— *Par décret depuis la dernière guerre du Gyhr, l'usage de l'Odelune sacrée est prohibé aux Humains à cause de leur trop grande addiction et perversion à son usage. En échange, les Druides recevront le tiers des récoltes d'Odelune sacrée pour assister les humains dans leur besoin en magie.*

— *Le dernier tiers sera divisé en trois parts égales :*
- *Les Druides pour leur tâches de maintien de la Paix*
- *Les Nains pour leur propre usage*
- *Les Dragons pour leur propre usage*

— *L'usage de l'Odelune Noire est strictement prohibé à quiconque, Elfe, Druide, Nains et Dragons. Son usage est puni de mort. La garde de l'Odelune Noire est confié aux créatures non magiques mais infiniment sage que sont les Corbeaux Géants de Kraa'Terra.*

Proclamation de l'Imperium

(An 919 après le Pacte d'Horalis) :

— *Le Conseil des Druides est dissous. Effet immédiat.*

— *L'Île Bonneterre et les cités d'Antoppe et de Folhalla forment l'Imperium dont la capitale est Dra'Kan. La Porte du Gyhr, le Fort Tan et la Porte de Saragor sont rattachés aux frontières de l'Imperium.*

— *Les pleins pouvoirs sont confiés à l'Empereur Drakaric dans le but de faciliter l'immense tâche de redonner aux hommes leur force d'avant le pacte d'Horalis.*

— *L'exécution des décisions de l'Empereur est confiée au Grand Ordonnateur de l'Imperium, Nérath.*

— *L'usage de la magie Druidique est prohibée et punie de mort, à l'exception des représentants de l'Imperium dans le cadre des affaires d'État.*

— *Des tribunaux populaires seront édifiés aux quatre coins de l'Imperium pour juger et condamner les crimes relatifs à l'usage non autorisé de la magie Druidique.*

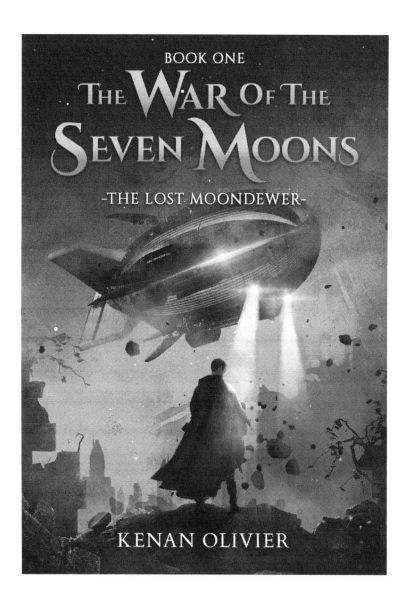

À lire en anglais

THE WAR OF THE SEVEN MOONS

- BOOK 1 -

THE LOST MOONDEWER

Mysterious disappearances are terrifying the
people of Horalis!

The Imperium is behind these abductions but nobody
dares to defy its ruthless police that hunts down and gets
rid of anyone who uses magic... Until the day young
Edhelja finds a medallion that awakens his magical powers.

Suddenly, he becomes an intolerable threat for the
Imperium, as well as a new hope for those who still dream
of freedom.

How will he defend himself against the evil sorcerers that
the Imperium sends out to take him down?

Remerciements

Merci à Aleja Odyssey ma partenaire dans la vie et dans les affaires. La poursuite de ses propres rêves m'inspire chaque jour à poursuivre les miens. De plus, si ce livre est arrivé jusqu'à vous, c'est en grande partie grâce à sa science du marketing et des réseaux sociaux. Mon amour, merci !

Merci à mon adorable petite Maman qui dévore un à deux livres par semaine et qui a été la première lectrice de ce livre. Merci Maman, tu as su m'éclairer de ta grande connaissance de la langue française.

Merci à mon Papa pour son indéfectible soutien.

Merci à Sam, mon meilleur ami depuis tant d'années, pour ses encouragements et ses conseils éclairés de premier lecteur.

Merci à Neil Shell qui m'a initié à l'art subtil de la narration.

Merci à Özlem, Fatih, Monika, Alberto et tous ceux qui nous ont accueillis durant notre voyage pour leur incroyable hospitalité.

Merci à ma soeur Marion, mon frère Guillaume, à Mika et à tous ceux qui m'ont soutenu et encouragé durant cette formidable aventure.

Pour une liste complète des livres du même auteur, visitez

KENANOLIVIER.COM

Partagez des photos de vos exemplaires de livres et suivez l'auteur sur les réseaux sociaux.

#laguerredesseptlunes
@KenanOlivier 📷 f

Scannez ici pour laisser votre avis.

Numéro d'édition : 01
Dépôt légal : Janvier 2020
Imprimé par KDP.

Printed in Poland
by Amazon Fulfillment
Poland Sp. z o.o., Wrocław
14 December 2023

3db2c137-d649-460a-94b2-c882143282dbR01